ハヤカワ文庫SF

〈SF2417〉

宇宙英雄ローダン・シリーズ〈695〉

スカラベの道

H・G・フランシス&ロベルト・フェルトホフ

嶋田洋一訳

早川書房

8972

PERRY RHODAN

STRASSE DER SKARABÄEN

DIE TORE DORIFERS

by

H. G. Francis

Robert Feldhoff

Translated by

Yooichi Shimada

First published 2023 in Japan by

HAYAKAWA PUBLISHING, INC.

This book is published in Japan by

arrangement with

PABEL-MOEWIG VERLAG KG

through JAPAN UNI AGENCY, INC., TOKYO.

目次

スカラベの道

スカラベの道

H・G・フランシス

登 場 人 物

ペリー・ローダン……………………テラナー

ベオドゥ………………………アッタヴェンノク。夢想家

ナイ・レング…………………カルタン人の老人

スララクラ……………………ナック。惑星フンドロで介護を担当

クラシュハト…………………同。〝七名組〟のリーダー

ドラムサル……………………同。サブリーダー

1

ペリー・ローダンはまるではじめて見るかのようにナイ・レングを見やった。カルタン人の頭部はほとんど禿《は》げあがっていた。頬と下顎にはわずかに毛がのこっているが、それさえいまにも抜け落ちそうだ。頬髭《ひげ》は最後の一本までなくなっていた。額には弧を上にした半円形の、濃赤色のあざができている。ローダンは最初、日の出をイメージしたシンボルかと思ったもの。

「どこに行っていたんだ？」ローダンがたずねた。

「放っておいてくれ！」カルタン人が強い声で応じる。

舌がうまくまわらないようで、ローダンはナイ・レングが黄色恒星の第四惑星、かれが〝ラム〟と名づけた世界で〝いっぱいやってきた〟のではないかと思った。

「どうかしたのか？」

「なんでもない。外にいたくないだけだ」

ローダンがわきによって道をあけると、ナイ・レングはドリフェル・カプセルに近づいた。ちいさくよろめいて、ローダンが身をかわさなければぶつかっていただろう。カルタン人はカプセルにつかまって転倒を避けた。

「八時間以上不在だったのに、理由をいわないつもりか？」

カルタン人はローダンに向きなおった。

「なぜいう必要がある？」

「重要なことかもしれない」

「あなたには関係ない」

「三名全員に関係がある」

「たいしたことじゃない」

「それでもいいが」ローダンは赤い半円を指さした。「それがなんなのか、たずねてもいいか？」

「あなたの知ったことじゃない。わたしもあなたの信仰や感情をたずねたりしない。血のシンボルはわたしだけのものだ」ナイ・レングがあざけるようにげっぷをし、カプセルのなかに姿を消した。

「なにかおかしなものは見つかったか？」ローダンがカプセルにたずねる。

「残念ながら」と、《レダ》。「これまでに報告した以外のものはありません。ナイ・レングとは、かれが外にいたあいだ二時間以上コンタクトできませんでした。呼びかけに応答せず、連絡がつかなかったことを重視していないようです」

「奇妙だ！」

　ローダンはおちつかない気分になった。ナイ・レングのようすがいつもとちがっている。いままであんな態度をとることはなかった。理由を考えてみたが、思い当たることはない。なにかの影響を受けて変わったのか？　かれに影響をあたえるようなだれかに出会った？　あるいは外的な要因などなく、内面でなにかが変化して態度が変わった？信仰が絡んでいるということはあるだろうか？　疑問はつきないが、答えは得られない。

　カルタン人の変化を無視していままでどおりに接することはできなかった。かれらは相互に依存していて、ひとりでは対処できない危険につねにさらされているから。たがいに助力を必要としているのだ。いままでは無条件にたよることができたが、もうそうではなくなったのだろうか？

　ローダンはドリフェル・カプセルのわきに立ったままだった。枯れた藪におおわれた山の稜線《りょうせん》からすこしくだった小高い丘の上だ。暑くて雨のすくない夏だったにちがいない。植物はグレイに変色し、触れるとほとんどが粉々になった。持ちこたえている場所はわずかだ。ほんの五百メートルほどのところには見捨てられた町の廃墟があり、ローダンはそこに引きよせられた。そのなかから通信インパルスが発信されていたから。《レダ》がそれを受信して報告したが、その後インパルスは途絶えてしまった。四十八時間前に着陸して以降、信号は発せられていない。

霧が出てきた。濃密な霧が恒星をおおいかくし、真昼だというのは異常に暗くなる。数時間前、アッタヴェンノクのベオドゥは町の廃墟を単独で調べるといってドリフェル・カプセルをはなれた。ナイ・レングも同じ行動をとった。

「ベオドゥから連絡はあったか？」ローダンがたずねた。

「この一時間はありません」と、《レダ》。

「呼びかけつづけろ」

「応答がありません」数分後、レダが報告。

「考えておくべきだったな」ローダンは武器を携行して廃墟に向かった。到着し、ドリフェル・カプセルのほうを振り返る。濃い霧にかくされて、かろうじて見える程度だ。

かれは奇妙な感覚にとらわれた。だれかに見られている気がするし、霧のなかを影が動くのが見えたようにも思える。この霧は生きているのか？　あるいは、なにか奇妙な生物がかくれているのか？

かれはためらい、ドリフェル・カプセルにもどろうかとも思ったが、ベオドゥが助けを必要としているかもしれないと考えなおした。

この惑星にはなにか秘密がある。ナイ・レングはそれに触れ、変わってしまった。ベオドゥにも同じようなことが起きているのでは？

はっきりさせなくてはならない。

「この霧のことはなにかわかったか？」

「とくにおかしなところはありません」と、《レダ》。「もしあれば、すぐに伝えています」

「わかった！」

ローダンは廃墟に入った。大きく崩れた門をくぐる。トカゲに似た小動物がじっとかれを見つめていたが、近づこうとすると壁の亀裂のなかに逃げこんだ。

二カ月近く前、かれはウシャアル星系の第五惑星チェオバドから、カルタン人のナイ・レングとアッタヴェンノクのベオドゥとともに脱出した。チェオバドでは炎の侯爵アフ＝メテムからハイパー通信によるコンタクトがあり、かれを〝永遠なる穴〟ナコード・アズ・クールで見つけられることがわかった。この名称はすでにチャリフ星系の第一惑星ナンサルでナックから耳にしていた。ナックはそこで次世代の者たちのプシ能力を鍛えているという。

だが、〝穴〟の場所はローダンにもわからない。ハンガイ銀河の第四クオーターの外のどこかにあるらしい。かれはそれが以前訪れた、メエコラー宇宙からきた星々の集積の方角にあるのではないかと疑っていた。

　いずれにせよ、探すべきものはわかっている。最初は〝穴〟というのがブラックホールのことだろうと思っていた。〝穴〟という名称がそれを示唆《しさ》しているだけでなく、若いナックの能力がそこで強化されるから。その後メエコラーから転移した星々の集積がある宙域でいくつかブラックホールを発見したが、どれも特別なものではなかった。ナックのシュプールも、炎の侯爵アフ＝メテムのものと思えるシュプールも見当たらなかったから。

　家屋の残骸のあいだにも霧がたなびいている。奥に進むほど濃くなっていくようだ。同時に声も聞こえたような気がした。

「ベオドゥ、応答しろ！」ピココンピュータ経由でそういってみたが、アッタヴェンノクから返事はない。

　大声で呼びかけてみたが、やはり反応はなかった。

　ぎゃっという大きな鳴き声がして、体長一メートルほどの鳥が廃墟の陰から駆けだしてきた。ローダンは驚いて飛びすさったが、鳥はかれになんの注意もはらわなかった。大股でかれのわきを通り過ぎ、霧のなかに姿を消す。そのとき地面から触手のようなものが飛び出して鳥の頸に巻きつき、獲物を地面に引きずり倒そうとした。鳥ははげしく羽ばたき、鉤爪で砂地を引っ搔いたが、抵抗もむなしく、ローダンのところからは見えない地面の襞《ひだ》のなかに引きずりこまれた。霧はしばらく脈動していたがすぐにおちつき、ふつうの霧と見分けがつかなくなった。

　ローダンは身震いしながら背筋をのばした。廃墟となった町の探索がどれほど危険か、充分にわかっていなかったようだ。地中には攻撃的な生命体がひそんでいて、いつ襲われても不思議はない。霧の脈動から考えて、生命体となんらかの関係があるのはまちがいないだろう。ローダンは霧の濃い場所をできるかぎり避けることにした。いつでも撃てるように武器をかまえておく。

「くそ、ベオドゥ、返事をしろ！」友の現状に対する不安が大きくなった。アッタヴェンノクが死の罠に踏みこんだ可能性も否定できない。

　すでに手遅れかもしれなかった。

　足をとめ、探るように周囲を見まわす。

　そこはちいさな広場になっていて、尖った破風屋根のある二階建ての家屋の残骸が十七軒分集まっていた。この町からいつ生命が消えたのか、推測するのはむずかしい。なんらかの理由で、住民が数世紀前に町を捨てたようだ。霧と共生する危険な地中生命体が棲みついて、住民が次々と犠牲になったのかもしれない。それ以上この町で生きていくのが不可能になったのだろう。

　家々の屋根はすでに崩れ落ちている。腐った支柱にまだ引っかかっているのがいくつかあるだけだ。グレイの石組みは黴《かび》のような苔《こけ》におおわれているが、それもここ数週間から数ヵ月の暑さと乾燥で枯れてしまっていた。それでも霧がもたらす湿気でよみがえるかもしれないが。

広場の向かいには一本の木が立っていた。高い枝は葉を落として干からびているが、下のほうはまだびっしりと葉をつけている。その横で霧がもうもうと沸き立っていた。

ローダンは足をとめて観察した。ネット・コンビネーションを着用しているので、比較的安心していられる。

霧は底面が四角い階段ピラミッド状になり、すぐに崩れて廃墟の暗い窓のなかにゆっくりと流れこんだ。

「なにかが見えた」ピココンピュータで《レダ》に見たものを報告する。「ピラミッド形になったのは偶然ではないはず。なんらかの意図があって、わたしになにかを伝えようとしているのだろう」

《レダ》の応答か論評を待ったが、ドリフェル・カプセルは沈黙したままだった。

「ナイ・レングはどうしている？」と、たずねる。

「眠っていますが、ひどく不安そうです。以前とはまるで態度がちがいます」

ローダンはあてもなく廃墟のなかをうろつくのをやめ、ドリフェル・カプセルの能力を利用することにした。《レダ》に指示して、ベオドゥを探すために探索装置を使用する。しばらくすると、ゾンデがほんとうにかれの居場所を探り当てた。ローダンのところからもそう遠くない、たぶん町で最大の建物の残骸の中心部だ。

なぜ姿を見せようとしないのかはわからない。

ローダンが建物に近づくと、ふたたび濃い霧が湧きあがった。まるでバリケードのように前方の道をおおいつくす。それでも足どりをゆるめず、おちついて歩きつづけると、霧がまたしてもピラミッドを形成した。前回よりもくっきりとした外観で、十五段の階段がはっきりとわかる。

霧がつくる形状がさらにはっきりするのを期待して、ローダンは足をとめた。だれかがなにかを伝えるためにピラミッドを見せていることは、もはや疑っていない。

ピラミッドが変形しはじめた。底面がわずかに大きくなり、高さがどんどん増していく。頂上部分は霧のなかに見えなくなった。

「ベオドゥ」と、ローダンが呼びかける。「聞こえるか？　聞こえたら返事をしろ！」

ピラミッドのなかに歩を進めると、ベオドゥがいるはずの建物が霧のなかで目の前に立ちふさがった。円形で、太い支柱が外壁を支えている。壁は苔と蔦《つた》におおわれていた。数メートルおきに人間サイズの肖像が描かれているが、あまりにも抽象化されていて、なんなのかわからない。ただ、町にまだ生命が満ちていたとき、これらの肖像が重要なものだったのはたしかだろう。

アーチ形の開口部にベオドゥがあらわれた。まるで方角を見失ったかのように、ためらいがちに、不安そうに近づいてくる。

「どうしたんだ?」ローダンがたずねた。

ベオドゥは着崩れた衣服をなおし、ベルトをきつく締めた。

「なにを焦《あせ》っている?」ちびのアッタヴェンノクはそう応じ、お手あげだとでもいうように両手をあげた。「夢を見ていた。それだけだ」

「きみは空高くに浮かんでいて、眼下には平原がひろがり、そこに二体の生命体がいたんだろう」ローダンが推測を口にする。「きみはその二体の上に降下してきて、あと二、三メートルというところで閃光が走り……」

「なにをばかな!」ベオドゥはローダンをさえぎった。「どうしてそう思うんだ?」

「前にそんな夢を見ただろう」

「あなたはいつもそうだ」ベオドゥはうめいた。「わたしを信じていない」

ローダンは笑い声をあげた。不安に根拠がないとわかり、ほっとする。友はいつものままだ。

「そんなことはないとわかっているはず。きみが夢の助けを借りて、かくされた関連性を見抜けることは信じている。ただ、その真意はいつもあとになって明らかになるわけだが」

「ああ、そのとおりだ」ベオドゥは嘆息した。「フンドロという世界に巨大なモニュメントがあって、それが十五段の四面ピラミッドだった。天を衝く高さで、頂上はほとんど見えない。雲のなかに消えているんだ」

「そうなのか？」ローダンが驚いてたずねる。「ちょうどそんなピラミッドを見たところだ」

ベオドゥは足を踏み鳴らした。

「わたしをからかっているな」

「いや、ほんとうなんだ。霧がピラミッドのかたちになった。信じられないなら、《レダ》にたずねてみろ。見たときすぐに報告したから」

アッタヴェンノクはすぐにしずかになった。実際のところ、ローダンはこの数週間のあいだ、かれがもう以前のようにベオドゥの夢の話を疑ってはいないとくり返していた。

「ピラミッドについて、ほかにわかることはないか？　惑星で見たといったな。なんという惑星だ？」

「フンドロ」と、ちびのアッタヴェンノク。「もっとあるぞ。ピラミッドの内部も見た。なかには部屋がひとつあって、そこにナコード・アズ・クールの場所の手がかりがあった」

「〝永遠なる穴〟の手がかりだと？」ローダンは衝撃を受けた。ここ数週間、まさにその手がかりを探しつづけてきたのだ。アッタヴェンノクとカルタン人とともに、いくつもの世界を訪れた。手がかりをもとめて無数のシュプールを追いかけ、くり返し失望させられたもの。探索の成果はゼロだった。そんなときベオドゥが、フンドロという世界に手がかりがあるといってきた。

ベオドゥはなぜ、この時点でフンドロの夢を見たのか？

ローダンはもうすでに、ベオドゥの夢が実際には夢でないことを理解していた。かれになにかを伝えたいと思っている未知の何者かからの、情報提供なのだ。

だが、その〝未知の何者か〟とはだれなのか？

プシオン能力の持ち主で、精神的なメッセージを伝えることができるのはまちがいない。

ローダンはすこし前に惑星ヴァイラク＝ゴムで起きたことを忘れていなかった。埃《ほこり》の上にほんの四日ほど前に描かれたばかりの、エスタルトゥのシンボルを見つけたのだ。

そんな説明不能な出来ごとが起きる頻度は増していき、ローダンはますます、ベオドゥに夢を見せているのはつねに同じ者ではないかという思いを強くした。精神の力でかれにささやきかけているのも、古いネットウォーカー・ステーションの埃の上に三角形と矢印のシンボルを描いたのも。なぜそんな謎めいたやり方をするのかはわからない。ほかに選択肢がないのだろうか？　あるいは、情報を明かしすぎて、ローダンを決定的な危険にさらすのを恐れているのか？　たんにかれをからかっているだけ？

　かれは説明不能な出来ごとがさらに起きることを期待していた。そのため、アッタヴェンノクの話にもさほど驚きを感じなかった。真剣に受けとめ、真実であることをほとんど疑っていない。夢がほんとうに未知の何者かの情報提供だとしたら、そこにしめされる手がかりは追いかける必要があった。

　惑星フンドロを見つけなくてはならない。

「それでぜんぶか？」と、ローダン。

「これでは不充分だと？」ベオドゥが憤然といいかえす。

「フンドロのことがもうすこしわからないかと思ったのだが」

「すまないが名前しかわからない。ただ、酸素惑星だった。ピラミッドのそばにグリーンの木々が見えたから。もうすこし考えてみよう。なにか思いつくかもしれない」

「住民は？　技術装置類は？　航空機は？　グライダーは？　ピラミッド以外になにか見なかったか？」

「なにも」アッタヴェンノクは両手で頭をかかえて考えこみ、同じ答えをくり返した。

「なにも」

「森のなかにピラミッドがあるだけか」

「そうだ」

ローダンは周囲を見まわした。霧はすでに晴れ、廃墟の壁面が露に濡れている。

「《レダ》にもどろう。ナイ・レングが心配だ。どこかようすがおかしかったから」

ベオドゥも歩きだした。

「それはわたしも気づいた。さっきちらりと姿を見たから。壁の上に登って、両手を空にのばしていた。そのままじっとしていたが、わたしに気づくと壁から飛び降りて、廃墟のなかに消えてしまった。額に赤いマークがあった。半円形の」

「奇妙だ」と、ローダンがつぶやく。「かれのどこがおかしいのか、きみにもわからないのか？」

「さっぱりだ。ただ、夢に出てこなかったのはまちがいない」

ベオドゥはじっとローダンを見つめた。

「これからどうする？」

「フンドロを探す。《レダ》が恒星間通信を傍受しているから、いずれその名前が出てくるかもしれない。必要なら、もう一度チャリフ星系に行ってみよう。手がかりが見つかるかもしれない」

アッタヴェンノクは胸の前で腕を組んだ。

「あるいは、べつの夢が助けになることもあるだろう。当然、それがいちばんかんたんだ」

「単純すぎるな。そううまくいくとは思えない」

ベオドゥはその返答が気にいらなかったらしく、無言でローダンのわきをすり抜けた。

2

ナイ・レングは片手で頭を撫でた。かなり毛が抜けていて、あちこち地肌が見えている。鉤爪が頭皮に傷をつけた。

「生命は宇宙の存在と密接に結びついている」ドリフェル・カプセル内に数日間無言ですわりこんだ末に、ようやくかれは口を開いた。「宇宙創成の最初期には、生命は存在しない。やがて……物質塊が宇宙の虚無のなかにひろがって……進化がはじまる。生命は生命のない物質から生まれ、生命力を獲得する。それは不死であり、物質のように拡散する。渦巻く元素から生まれる世界が多くなればなるほど、生命もますます発展していく」

かれはペリー・ローダンとベオドゥに探るような、すこしびくついたような視線を向けた。かれらが話をさえぎり、聞くのをやめてしまうのを恐れているかのようだ。

「わたしは究極の真実を見出した。真の関係性がわかったのだ」

ローダンは動揺した。カルタン人が狂気におちいり、さらにその度合いが進んでいると思ったから。どうすれば助けられるのかわからない。

「わかるか？」ナイ・レングが先をつづける。「生命は惑星上で狂ったように増殖し、死も障害にはならない。死は生命の別形態、別のエネルギーだから。生命が増殖するにしたがい、死も力をつけつづける。物質の力は宇宙に満ちるが、やがてその力は枯渇し、物質はもともとの居場所にもどっていく。そのとき同じように、多くの世界で生じた生命を破壊し、最後には宇宙に生命は存在しなくなる。だが、それは終わりではない。中心に囚《とら》われた生命はいつか大爆発とともに解放され、すべてがふたたびはじまるから」

カルタン人はローダンかベオドゥがなにかいうのを待っていたが、コメントは得られなかった。

「わからないようだな。究極の真実とは、生命が生命を破壊して、あらたな生命をもたらすということだ」

「いきなりその考えに到達したのか？」ローダンがたずねた。「なぜだ？　場所もあろうに、なぜここで？」

「生命はわたしの力を吸いとっている」ナイ・レングが陰鬱《いんうつ》に答える。「だが、あなたには理解できないだろう」

かれは立ちあがり、なにもいわずにドリフェル・カプセルから出ていった。

「やっとか」ベオドゥが嘆息し、両脚をのばした。「ここはときどき混み合いすぎている」

「またいなくなりそうです」《レダ》がいった。「とめたほうがいいでしょう」

ベオドゥが夢を見てから三日以上が過ぎている。ドリフェル・カプセルはそのあいだ恒星間通信を傍受して、惑星フンドロに関する情報を探しつづけていた。いまのところ成果は出ていない。どこでも、だれも、この惑星に言及していないのだ。ただ、ローダンはその点を重視しなかった。フンドロという名称が通信のなかで頻繁に出てくるなどとは、最初から期待していない。

探している世界をどうすれば発見できるか考えながら、ローダンはカプセルを出てカルタン人を探しにいった。

一日が終わろうとしている。恒星は地平線に接近し、尾の長い動物の群れがカプセルの横を駆け抜けていった。虎に似た縞《しま》模様の動物はテラナーに興味をしめさず、ひたすら前方を見つめている。カプセルに気づいてもいないようだ。一頭が足をとめて鼻をあげ、カルタン人のにおいを嗅《か》いだ。かれは廃墟の町のはずれに立ち、どっちに向かえばいいのかわからないようすだった。動物は頭を振り、仲間のあとを追った。ローダンはピコンピュータでナイ・レングに呼びかけたが、応答がない。心配になったかれはカルタン人のいるほうに向かった。

「待て、話がある」と、呼びかける。

カルタン人は答えない。ローダンは足を速めて距離を詰めた。塔のような建造物の前で、あと二、三メートルというところまで近づく。ナイ・レングは角を曲がり、塔の陰に姿を消した。ローダンも角を曲がったが、カルタン人の姿はもう見当たらなかった。

ローダンは驚いて足をとめた。

「ナイ・レング、ばかなことはよせ！」

背後から足音が聞こえ、振り返ったがだれもいない。

「《レダ》……かれがどこに行ったかわかるか？」

「そこから北に二百メートルほどの位置です」カプセルが答えた。

「ありえない！」と、ローダン。「たったいまそこにいたんだ。わたしの目の前に」

「だとしたら、見まちがいでしょう」

ローダンは駆けだした。《レダ》に同意するしかない。カプセルの探知システムはかれの感覚よりも正確だから。

路地を百メートルほど走ると、友の姿が見えた。

ナイ・レングは地面に膝をついていた。ローダンはゆっくりと近づいた。カルタン人が熱心に祈りを捧げているように見え、じゃまをしたくなかったから。とはいえ、かれをこの場にのこして引き返したくもない。

五メートルほどまで近づくと、触手のようなものが地面からのびて、先端をナイ・レングの額に押し当てているのがわかった。先端は半円形で、カルタン人の額のあざとぴったり重なっている。

「なにをしているんだ？」ローダンは驚いて叫んだ。ナイ・レングに駆けより、引きもどす。カルタン人ははげしく抵抗し、両肘を突っ張って身をよじり、剃刀《かみそり》のように鋭い鉤爪を振りまわした。だが、ローダンの鉄のような拘束はゆるまない。

「おちつけ」テラナーは友に声をかけ、触手から引きはなした。

「放せ！」ナイ・レングが興奮して叫ぶ。「あなたにわたしのじゃまをする権利などない」

触手は探るように前後に揺れ動き、ゆっくりと地面のなかに撤退した。足の下で地面が震え、ローダンはなにか大きなものが地下に存在するのを感じた。いつ地面から飛び出してきて、かれとカルタン人を丸のみにするかわからない。ローダンはナイ・レングを引きずって、安全と思えるところまで後退した。

「きみが自殺するのを座視はできない」ようやくカルタン人を解放したあと、ローダンがいった。

「あなたになんの関係がある？」

「大いにあるとも。きみを失いたくない」

「ばかなことを！」カルタン人は鼻を鳴らした。「自分のことだけを考えるなんて。生命は失われない。以前にも説明を試みたのだが。生命は、たとえわたしのからだから去ったとしても、そのエネルギー形態が死ぬことはない。べつの存在にうつっていくだけだ」

かれは手で額のシンボルに触れた。

「これはわたしの信仰の印、究極の真実の印だ。わたしの意識が生きているかどうかは重要ではない。わたしは宇宙という炎のなかの、とるにたりないちいさな火の粉にすぎない。その火の粉がこのからだのなかにあるか、ほかのからだにうつるかは、完全にどうでもいいことだ。それが理解できれば、きみも自分の命にしがみつくことはなくなり、なんの後悔もなく細胞活性装置を捨て去ることができるだろう」

「それを決めるのはわたしではない」ローダンがいいかえした。

ナイ・レングは侮蔑的にげっぷをし、背を向けて歩きだした。ドリフェル・カプセルに向かっている。ローダンは数メートルあとから、こんどは見失わないようについていった。

突然、カルタン人が振り返った。鉤爪をむき出し、わめきながらローダンに突進する。意表を衝かれたローダンは頬と頸を切り裂かれ、血まみれになって倒れた。それでもなんとか横ざまに転がり、二撃めの、たぶん致命的な攻撃は避けることができた。

こぶしでナイ・レングの胸を一撃し、後退させる。

「正気を失ったのか？」ローダンは叫んだ。

カルタン人が恐ろしい笑い声をあげる。その目が盲目的な憎悪と、すべてを破壊しようとする意志をローダンにたたきつけてきた。

「いまこそあなたが死ぬときだ。それでわかるはず……死ぬのもそう悪くないと。あなたも究極の真実を知ることになる」

ローダンは出血している頸を片手で押さえた。指の下に脈動が感じられ、頸動脈を傷つけられたことがわかる。もう一方の手で、自分を見失ったかのように執拗にローダンを殺そうとしてくるカルタン人の攻撃を防ぐ。

突然、ナイ・レングがぐったりとなった。ローダンにおおいかぶさり、動かなくなる。

「なにがあったんだ？」アッタヴェンノクのベオドゥが、麻痺に設定した武器をしまいながらたずねた。「かれにはくわしい話を聞く必要があるな」

ローダンはのしかかっているカルタン人のからだを押しのけた。細胞活性装置の脈打つようなインパルスを感じる。目眩《めまい》をおぼえ、立ちあがろうとすると、足に力が入らなかった。短時間のうちに血液を失いすぎたようだ。

「《レダ》に指示して、かれをカプセルに収容させろ」と、弱々しい声でいう。「原因を調べて、治療しないと。二度とこんなことが起きないようにする必要がある」

出血はほとんどとまっていた。細胞活性装置のインパルスが働き、防護服のサイバー

・ドクターが傷を治療したようだ。

「狂気に冒されているようだ」アッタヴェンノクはそういい、カルタン人の額にある半円形の印を指さした。「これになにか関係があるはず」

「かれはこの世界の生命体とコンタクトしていた」と、ローダン。「そのとき毒されたのだろう。いずれにせよ、このままでは問題だ」

テラナーは驚くほど迅速に回復した。最初はよろめきながらドリフェル・カプセルへと歩きだしたのに、めきめきと気分がよくなり、すぐにしっかりした足どりになって、目眩も感じなくなる。《レダ》は麻痺したカルタン人を反重力装置で内部に収容し、ハッチを閉じた。

「スタートする！」と、ローダン。「これ以上ここにとどまる意味はない」

「まったくだ」と、ベオドゥ。「夢も見た。もう充分だ」

「どこに向かうんです？」ドリフェル・カプセルが明らかな皮肉をこめてたずねる。「フンドロのポジションはまだ不明ですが」

「もう一度チャリフ星系に行く」ローダンが血痕をきれいにしながらいった。「たぶんそこでナコード・アズ・クールの座標がわかるだろう。ナックなら巨大ブラックホールがどこにあるか知っているはず。そこからフンドロの手がかりも得られると思う」

ドリフェル・カプセルがスタートして大加速で惑星をはなれはじめると、ローダンはまだ麻痺しているナイ・レングに向きなおった。あとにした惑星のことはもう頭にない。数日前に信号を受信して訪れたものの、その後はなんの音沙汰もなかった。たぶん今後も同じだろう。すでにベオドゥが謎めいた夢を見てしまったから。

ナイ・レングは目を閉じている。呼吸はおだやかで、乱れはなかった。

「かれは自分自身とあの世界に満足していたようだ」ベオドゥがいった。「良心の呵責《かしやく》を感じていなかったのはまちがいない」

ローダンはカルタン人の頭部にセンサーを向けた。

「病気なんだ。だが、治療はできる」

センサーの画面にもつれた色彩パターンがあらわれた。パターンは安定しそうになっては崩れるのをくり返し、どうしても満足な状態にならない。

「混乱しきっています」と、《レダ》。「とはいえ、有機毒性は検出されません。半円形の印から毒物を注入されたわけではないでしょう」

「精神性かプシオン性の影響だな。それも治療は可能だ」と、ローダン。

ベオドゥが両腕を高くかかげた。

「わたしに期待しないでもらいたい」と、芝居がかって叫ぶ。「なにもできないから」

「《レダ》にまかせるさ。うまくやってくれるはずだ」と、ローダン。

アッタヴェンノクは狭苦しい下部デッキから上部デッキに逃れた。ローダンはナイ・

レングのそばにとどまり、友の早い回復を願った。

やがてローダンは眠りに落ち、チャリフ星系に到着したと《レダ》にいわれて目をさました。伸びをして、上部デッキにあがる。

スペクトル型F9Vの大きな黄白色の恒星チャリフがスクリーンにうつっていた。惑星はひとつだけ見えている。主星にいちばん近いナックの世界だ。ほかの惑星は《レダ》がシンボルだけしめしていた。

ナックには生来の潜在的なプシオン能力があり、成長するときジュアタフ・ロボットが面倒を見て、その能力を開花させる。ただ、すべてのナックが能力を開花させられるわけではなく、また全員がこの惑星にとどまるわけでもなかった。一定の年齢になって能力の兆《きざ》しが見えると、秘密の場所、〝永遠なる穴〟に連れていかれるのだ。そこからもどったナックは、エスタルトゥの力の集合体ですでに見せた能力が使えるようになっている。

その点がローダンの興味を引いた。かれは〝永遠なる穴〟を見つけたいと思った。とりわけ、そこで炎の侯爵に会えるらしいから。

それだけではない。ローダンはこれまでに得たわずかな手がかりから、ナイ・レングとベオドゥに話した以上のことを見抜いていた。アッタヴェンノクの夢についても、以前の疑念を克服し、いまではかなりのことを推察している。

エスタルトゥのシュプールを見つけたから！

以来、かれは狩りに熱中していた。漠然とした手がかりを追うのではなく、五万年前に失われた足跡を追跡するのだ！

チャリフ星系にもどったのもそれがおもな動機だった。ナックからナコード・アズ・クールの座標を聞き出せたらいいと思っている。

ただ、スクリーンにうつっているのはナックの惑星とほかの世界のシンボルだけではなかった。ベングエルとジュアタフの合同艦隊も探知している。かれらはイマーゴがあらわれるのを期待しつづけていた。

「撤退する」笛吹き男になる気などないローダンが決断した。「ただ、姿を消す前に、プロジェクト機構が使う周波数の通信を傍受しておこう」

「われわれ、まだ探知されていません」と、《レダ》が報告。

「それはよかった。探知されていたら、すぐに逃げ出さなくてはならないところだった」

ドリフェル・カプセルはローダンの指示どおり、星系から距離をとった。数時間後、勝ち誇ったように報告する。

「通信を傍受しました。ようやく！」

「けっこう。では、離脱する！」と、ローダン。

「ハンガイ銀河の第三クォーターは十一月三十日に転移します」と、《レダ》。日付を船内の暦に換算したことはわざわざ付言しない。「十六日後です」

ローダンは複雑な気分でその報告を受けとめた。それは故郷宇宙に、ゲシールやエイレーネや友たちのもとに帰還する機会が生じることを意味する。だが、その一方、あらたに考えるべきことができたのも事実だった。

ほんとうにエスタルトゥのシュプールを見つけたといえるのか？　そうだとすれば、故郷銀河にもどるという望みは一時棚あげにしなくてはならない。

「ほかにはなにかあるか？」

「いまのところありません」と、《レダ》。

ローダンはアトランをはじめとする友たちのことを思った。かれが異宇宙にいることを、かれらは知っているのだろうか？　次元障壁が両者を隔てている。もうどれくらいになるだろう？　かれらは障壁を突破できるだろうか？　友たちが自分を探していることには確信があった。かれらのことがすこしでもわかればうれしいのだが。とはいえ、現状では、かれらがもう探すのをあきらめてしまったのかどうかさえわからない。

「ナコード・アズ・クールというのを聞いたことはあるか？」

「あればそういっています」《レダ》の声にはかすかに不機嫌そうな響きがあった。

そのとき下からベオドゥの悲鳴が聞こえ、ローダンは即座に反応した。下部デッキにもどったとき、引っ張られるようなわずかな痛みを頸に感じて、手で押さえる。傷はもうすっかり治っていた。わずかな傷跡さえのこっていない。それでもなお、そこが傷を受けた場所だということはわかった。

「どうした?」と、叫ぶ。

アッタヴェンノクは答えない。だが、答えを聞くまでもなかった。かれがなんにおびえたのか、ひと目でわかったから。

ナイ・レングが溶けていた。

「どういうことだ?」と、ローダン。

カルタン人はからだが透明になり、内臓がぼんやりと見えていた。

「残念ながら、回答不能です」ドリフェル・カプセルがいった。「かれをつつむプシオン・フィールドが観測できます。その性質に関する詳細な情報は不明です」

ローダンは身を乗り出し、ナイ・レングに手をのばした。だが、その手はホログラムに触ろうとしたときのようにからだをすり抜け、同時にカルタン人は完全に消えてしまった。

「ほんとうに頭がおかしいのはだれだ?」と、ベオドゥ。「わたし自身ではないかと思いはじめている」

「《レダ》……かれが身につけていたもので位置を探れないか?」

「ピコンピュータですね」と、《レダ》。

「それで？　ほかにいうことはないのか？」

「ナイ・レングを探しています。あなたは口にしていませんが、かれはどこか近くにいると思っているはず。テレポーテーションしたと考えているのでしょう。かれにそんな能力はありませんが」

「いずれにせよ、自力でやったことではない」

「だれか、あるいはなにかが手を貸したと思うのか？」アッタヴェンノクが驚きの声をあげた。「いったいなにものが？」

「わたしにいえるのは、説明のむずかしい事態がナイ・レングの身に起きたということだけだ。惑星ラムで奇妙な存在と接触してから、かれは完全に変わってしまった。実際のところなにがあったのかはわからないが、あそこで起きたことと、今回のテレポーテーションと思える出来ごとに、関係があるのは確実だろう」

「テレポーテーション以外のなにがあるというんだ？」

「ナイ・レングが分子破壊された可能性も排除できない。べつの存在形態に移行したのかもしれない。何度かそんなことをいっていた」

「たしかに」ベオドゥは両手で頭をかかえた。

「明確な信号を受信しました」《レダ》がいきなり報告した。「高速でナックの惑星ナンサルから遠ざかる一宇宙船が発信源です。現在の彼我《ひが》の距離は十一光分」

「ナイ・レングはその船に乗っているということ」アッタヴェンノクが指摘する。「夢にも見ていなかった……いいたいことはわかると思うが」

「その船を追え」瞬時にスイッチが切り替わったローダンがいう。

ドリフェル・カプセルは急加速し、両船の距離は急速に縮まっていると《レダ》が報告した。

「向こうの船の乗員と話をしますか？」

「もちろんだ。呼びかけてみてくれ」

数分後、《レダ》が感情のこもらない声で、呼びかけに応答がないと告げる。

ローダンは一瞬も躊躇《ちゅうちょ》しなかった。

「接舷して乗りこむ！」

「そんなことがかんたんにできるのか？」ベオドゥが疑念を呈《てい》した。

「やってみればわかる」

ローダンにも確信はなかった。だれが乗っているのかはわからないが、たぶんナックとジュアタフ・ロボットだろうとは思っていた。かれの出現にどう反応するかはまったくの未知数だ。

まもなく相手の船がスクリーン上にあらわれた。ドリフェル・カプセルが接舷し、直後に《レダ》が乗船できると報告。ローダンとベオドゥはエアロックを通って相手の船に乗りうつった。どちらもコンビ銃をいつでも撃てる状態でかまえている。ジュアタフ船に入ってすぐに最初のロボットと遭遇した。床に仰向けに倒れて、もう動いていない。外部に損傷は見当たらなかった。

　ローダンはかがみこんでロボットを調べ、歩きつづけた。通廊の最初の角を曲がったとき、床に倒れて死んでいるナックをあぶなく踏みつけそうになった。足をとめると、その先にさらに三体のナックの死体があった。ひどく黒ずんで、皮膚はブルーにきらめき、頭部にはヘルメットをかぶっている。数メートル先にはもっと多くのナックが見えた。ヘルメットはかぶっていないが、同じことだ。かれらもすべて死んでいた。その横の床の上にナイ・レングがしゃがみこんでいる。両手で頭をかかえ、目には狂気の光があった。

「なにがあったんだ？　わけがわからない」と、ベオドゥ。

「推測だが、ナックにはなんらかの、ナイ・レングをテレポーテーションで引きよせるようなものがあったんだろう。かれはここに実体化し、プシオン性のエコーを引き起こして、それがナックを殺すことになった」

「かれは前にもナックに会っている。そのときはなにも起きなかった」

「ラムに行く前だったからだ」

ベオドゥはとほうに暮れたように両手をあげた。

「このナックたちはどこに行こうとしていたのだろう?」

「まだわからない。調べてみよう」

ローダンは船に使われている技術を調べ、コンピュータを操作して、目的地のデータを探り当てた。自分の目が信じられない。

「どうした? 妙な顔をして」と、ベオドゥ。

「この宇宙船の目的地はフンドロだ」ローダンが答えた。「偶然ではありえないだろう」

「ナイ・レングが消えなかったら、この船のことなど気にしなかったはず」と、ベオドゥ。

ローダンはうなずいた。

「まさしくそういうことだ。これが偶然であるはずがない。なにか関係があるはずで、それをはっきりさせなくてはならない。フンドロは恒星ファンジの第四惑星だ。座標はもう《レダ》に転送した。ナイ・レングを連れてカプセルにもどる。この船のプログラミングは変更したから、フンドロに向かうことはない。行くぞ!」

3

「情報を収集しました」数時間後、《レダ》が宣言した。「ファンジ星系に到着。惑星は八つあり、第四惑星がフンドロと思われます。ほんとうにそうなのかどうかは、さらにデータを集めないとわかりません」

「よし！」ペリー・ローダンはナックの宇宙船から得たデータを表示しているスクリーンに目を向けた。すでにわかっていることも多いが、あらたな情報から全体像が見えてくる。

ナックの故郷世界は恒星チャリフの第一惑星ナンサルだ。ナイ・レングが謎の転移をした先の宇宙船はそこをスタートした。ナンサルでは、ナックは生誕時からジュアタフ・ロボットの世話を受ける。ロボットは事実上、乳母《うば》のようなものだ。五歳になるまで、ナックは二重の意味で盲目だった。まず、プシ能力がまだ充分に発達していないため、五次元領域を感知できない。ブラックホールである衛星アナンサルの放射に触れてはじめてプシ感覚が刺激され、能力が使えるようになる。また、生まれてから数年は技術的な支援がないため、周囲の環境を見ることができない。

ローダンはこうした情報をすでにナックのダルフロルから得ていたが、それが真実なのか、それともあちこちに事実誤認がふくまれているのか、判断できなかった。

五歳になるとジュアタフ・ロボットが仮の補装具を装着させ、ナックは環境を認識し、ジュアタフと会話し、動きまわれるようになる。補装具は成長に合わせて交換され、からだになじんでいく。十歳になるとナンサル近くの宇宙ステーションに移送され、母星にいるときよりも多くアナンサルのプシオン放射を浴びることになる。

その後ジュアタフはさらにナックを訓練し、最後に四次元で活動するための外骨格と外部感覚装置を装着させる。能力の高いナックはさらに〝永遠なる穴〟に連れていかれる……これが十五歳くらいのときだ。〝永遠なる穴〟は想像もつかないほど強力なプシ源泉で、ナックはそこで最終的に磨きあげられる。

ナックの船のデータベースは、多くのナックがその段階までたどり着けず、その前に落ちこぼれることをかくそうともしなかった。落伍した者たちは故郷惑星で不本意な生涯を送ることになる。ダルフロルは訓練を受けたあとは自立すると主張していたが、あらたな情報を得て、ローダンは疑いを持つようになった。

〝永遠なる穴〟でのナックの試験と訓練のようすはたしかにかれのいうとおりだが、若い候補者たちは明らかに極端な緊張を強いられ、適応できる者はわずかだろう。多くは現実にもどってくることができず、永遠のなかに囚われたままになる。一部はいわゆるプシ錯乱、すなわちプシオン性の狂気におちいり、そうなると支援装置が正しく使えなくなってしまう。ナックのコンピュータは、さらに〝プシオン妄想〟にも言及していた。それがどんなものなのか、ローダンには想像がつかなかった。

「プシオン妄想というのは、いったいなんだ？」そういって、向かいにすわったベオドゥを見やる。

「わからないし、知りたくもない。危険そうな響きだ」

「実際、危険なんだろう。問題は、だれにとって危険なのかという点だ」ローダンは笑みを浮かべ、スクリーンに向きなおった。「ナックはどこにいるんだろう？」

「なんだって？」意味がわからないという顔で、アッタヴェンノクがローダンを見る。

「落伍してプシ錯乱になったナックはどこにいるんだろうと思ったんだ」

「なるほど」ベオドゥはまだよく理解できないらしい。

「わからないか？　能力が不充分なナックはナンサルにもどって、だれからもかえりみられることのない不遇な生涯を送る」

「社会から極端なかたちで追放されるわけだな」

「そういってもいい」ローダンが同意する。「最低限の要求水準に達しなかった者は、腐ったジャガイモのように打ち捨てられる」

「そしてだれも気にかけない。社会にとって無関係だから」

「ナックの社会を批判する気はない。ただ、落伍者をどこに置いているのか気になるだけだ」と、ローダン。

「ダルフロルは、ナンサルに連れていくといってなかったか？」

「そのとおりだが、それはコンピュータに記録された情報と一致しない」

「べつの場所があると思うのか？」

「べつの惑星という意味なら、そういうことだ」

「べつの惑星でなにをするというんだ？　ナックの社会が強権的なものだとすれば、落伍者はごみのように始末してしまうだろう」

「それはない」ローダンは驚いて否定した。ベオドゥが本気でいっているとは思えない。

「ナックは他者を殺さないから」

アッタヴェンノクが一スクリーンを指さした。惑星フンドロがはっきりとうつし出されている。全体としてグリーンの惑星で、暗い宇宙を背景にエメラルドのようにきらめいている。

「あれがたぶんフンドロだ」と、ベオドゥ。

「どうしてそう思う？　確証はないはず」

ベオドゥはうなずいた。

「そのとおりだが、わたしは夢でフンドロを見ている。おぼえているか？」

「もちろん！」

「フンドロには四面ピラミッドがある。ほんとうに巨大なものに見えた。そのなかに部屋があり、はっきりとは見えなかったものの、そこにナコード・アズ・クールの位置の手がかりがあるのはまちがいない。〝永遠なる穴〟は、知ってのとおり、試練の場だ。つまりナコード・アズ・クールとフンドロにはつながりがある」

「筋は通っているが、推測でしかない」

ベオドゥは怒りのうめき声とともに両手をあげた。

「信じてもらえないとは思わなかった。やはりわたしの夢を疑っているんだろう」

「そうではない」と、ローダン。「きみの理屈に充分ついていけないだけだ」

「これからどうしますか？」《レダ》がたずねた。

「フンドロに着陸する……周回軌道には乗らずに。地上で惑星の情報を集めることにしよう」

「すでに接近を開始しています」

「フンドロについて、なにがわかっている？」と、ベオドゥ。

「フンドロは温暖な酸素世界です。大きさはほぼ地球と同じですが、テラよりも主星に近いため、熱帯気候のジャングル惑星となっています。温暖湿潤ということ。いまのところ文明のシュプールは見当たりません。ただ、最大の大陸のひとつに、説明不能な驚くべき現象が見られます」

「どんな現象だ？」と、ローダン。

「大陸中央から星形に、海岸に向かって道がのびています。植物におおわれたグリーンの大地も、黄赤色の砂漠地帯もおかまいなしです」

《レダ》は一スクリーンに映像をうつし出した。

「たしかに、大陸の中心から海岸に向かって道路がのびているように見える」と、アッタヴェンノク。「道路でないとしたら、なんだろう？」

「なんともいえないな」ローダンが応じる。「道路かもしれないが、そうともいいきれない。文明のシュプールは見当たらないと《レダ》はいっている。だったら、だれが建設して、だれが維持しているんだ？　だれかが保守していなければ、たちまちジャングルにのみこまれてしまうだろう。だが、マシンがやっているとは思えない。それなら《レダ》が探知しているはず」

「着陸地点を指示してください。それとも、わたしが決めてかまいませんか？」と、《レダ》。

「あの道路のどこかにおりよう」ローダンが決断した。「ただ、中心部ではなく、海岸に近いほうだ」

《レダ》は減速したが、それでもかなりの速度で惑星に向かっていく。

「警告！」突然、ドリフェル・カプセルが叫んだ。「ハイパーエネルギー放射を中心部で感知しました。ごく短時間です。すぐに消えてしまいました」

「分析できるか？」

「残念ながら、短すぎましたし、われわれに向けられたものでもなかったので、分析は不可能です」

「中心部を着陸地点に選ばなくてよかった」ベオドゥがいった。「なにが待ち受けているか、わかったものではない」

「まったくだ！　まず周辺を充分に調査して、そのあと中心部に向かおう」

ドリフェル・カプセルはジャングルに向かって降下し、謎めいた道路の直近をめざした。

「探知インパルスは感知せず、やはり文明のシュプールはありません」

「ハイパーエネルギー放射はなんらかの文明が発したものではないということか？」ローダンがたずねる。

「そのとおりです」と、《レダ》。

ナイ・レングが上部デッキにあがってきた。両手はうしろで拘束されている。宇宙航行中、決定的な瞬間にカルタン人が襲ってきたりしないよう、ローダンが指示したのだ。

　ナイ・レングの目にはぎらぎらした光があった。

「死について、あらたに重要な真実を発見した」と、震え声で宣言する。「なんとしてもあなたたちに伝えなくてはならない。わたしがこの発見を世界に公開する前に、あなたたちは最初にこの真実を知る者となる。その栄誉をよく理解してもらいたい」

「けっして忘れないようにしよう」と、ベオドゥ。「だが、もうすこしがまんしてもらいたい。いまはほかにやることがあるのだ」

　ナイ・レングは床にすわりこみ、両脚を引きよせ、両腕をうしろにのばしてからだを支えた。目のぎらつきがおさまる。

「悪い夢を見ていた気分だ。たくさんのことが頭のなかを通り過ぎていったが、難解すぎてなにもできなかった」

「だいぶよくなったようだな」と、ローダン。

「もうだいじょうぶだ」カルタン人はすっかりふだんどおりに見えた。「外に出て、新鮮な空気を吸ってきてもいいか？　廃墟の町をもう一度見ておきたい。どこか心惹かれるものがあるから。それがなんなのか、見きわめたい」

「ここはもう惑星ラムではない」ベオドゥがいった。「いつからそうだと思っていた？」

　ナイ・レングは驚きの表情になり、かぶりを振った。

「わたしは寝ていてスタートに気づかなかったのか？　どうしてラムをはなれたんだ？」

かれは明らかに、自分の身に起きたことも、錯乱状態のなかで自分がしたことも、おぼえていないようだった。

「どうして手を縛られているんだ？　なにかの冗談なのか？」

＊

《レダ》が選んだのは広大な砂漠との境界に近いあたりだった。ドリフェル・カプセルはジャングルの下草のなかにかくれることができ、ローダンとベオドゥと精神の健康をとりもどしたらしいカルタン人は、ほんの数歩で砂漠に出ることができる。テラナーはブラスターで植物を焼きはらって細い道をつくり、楽にジャングルの外に出られるようにした。

アッタヴェンノクはナイ・レングから目をはなさなかった。カルタン人の状態はほぼ正常に復したという《レダ》の診断を信用していないのだ。またいつ突然、まったく予想のつかない状態になるかわからないと考え、そうなったら近づかないようにしようと思っているらしい。

ジャングルから数メートルはなれると、大陸の中心から海岸線に向かう道があった。

道幅は一キロメートルくらいあるだろう。美しく輝く甲殻を持ったてのひら大の甲虫がうようよしている。甲虫は八本の肢で動きまわり、風で飛ばされてきた草の葉や実をせっせと道の外に押し出していた。

ローダンたちの注意を引いたのはそんな甲虫だけではない。道の上にはちいさな十五段ピラミッドが何千個も点在していたのだ。その多くに甲虫がとりついてなにかしている。べつの一団はジャングルからまるめた素材を転がして運んできていた。未完成のピラミッドの前ではべつの個体が玉から四角いブロックを切り出して次々と積みあげ、ピラミッドを完成させていく。体液でブロックを接着したり、のこっている凹凸《おうとつ》を滑らかにしたりしている甲虫もいた。

ほとんどのピラミッドは高さ三メートル程度だ。そのすべての表面を甲虫が這いまわり、仕あげや手入れをしている。

「目のとどくかぎり……ピラミッドだらけだ」ナイ・レングが驚きの声をあげた。

「道路だと思ったのはピラミッドの列だったのか」と、アッタヴェンノク。「数千キロメートルにわたって、こんなピラミッド以外なにも存在しない。わたしの見立てが正しければ、材料は有機物だ。食糧の老廃物だろう」

「きみの夢に出てきたピラミッドもか？」と、ローダン。

かれらの横数メートルのところで、数百匹の甲虫がぞろぞろとジャングルから出てきた。からだの前で玉を転がしているにしてはかなりの速度だ。自分のからだの何倍も大きな玉を転がしている甲虫もいる。熱心になるあまり玉に引きずられ……しがみついているせいで……放り出される個体もいた。それでもすばやく立ちなおると、ピラミッドの道に向かって進みつづける。

「まったくちがう！」ベオドゥが憤然と答えた。「夢ではこんな原始的なピラミッドはひとつも見なかった。あなたも霧のなかでわたしの夢を追体験したから、わかっているはず」

「ああ、そのとおりだ。きみの夢のピラミッドはもっとずっと大きかった」

「しかもこんなに原始的でもない。銀色で、幾何学的に正確なモニュメントだった」ベオドゥは両腕を空に向かってひろげ、夢で見たピラミッドの大きさを強調した。実際、ローダンもピラミッドの偉容は実感していた。ただ、小柄なベオドゥの目から見たものとは印象が異なることもわかっている。そのため、夢のピラミッドがアッタヴェンノクのいうほど巨大なものだとは思っていなかった。

　またしてもジャングルから数百匹の甲虫があらわれた。ただ、こんどは玉を転がしておらず、かわりにジャングルでの狩りの獲物を運んでいた。一メートルほどの長さのイモムシや、犬ほどの大きさの四本足の動物、鳥やヘビなどを未完成のピラミッドのところに引きずっていく。甲虫は驚くべき力を発揮して、獲物を押したり引いたりしながらピラミッドの頂上に運びあげ、空洞になっている内部に押しこんだ。獲物はまだ生きているようだが、抵抗はしていない。逃げられないよう、毒で麻痺させているのだろう。獲物を押しこむと、甲虫は頂上に蓋をしてピラミッドを完成させた。

「知性があるようには見えない」ベオドゥがいった。「からっぽのまま完成させたピラミッドも多いようだ。どう思う、ナイ・レング？」

カルタン人の答えはない。かれは姿を消していた。

4

カルタン人がいないことにペリー・ローダンとベオドゥが気づいたのとほぼ同時に、《レダ》が報告した。

「ナイ・レングがその場からはなれています。地面の穴に落ちたようです。いきなり地下に移動して、いまは位置がつかめません」

「急げ」と、ローダン。「ナイ・レングが消えた場所に案内してくれ」

テレカムでカルタン人に呼びかけたが、応答はない。ローダンとベオドゥはいっしょにジャングルを引き返した。

「まったく音がしなかったのはおかしい」と、アッタヴェンノク。「なんのシュプールものこっていないのはもっとおかしい。どうやって下草のなかを移動したんだ？　われわれも道を切り拓いてやっとだったのに、小枝一本折っていないなんて」

ローダン自身も謎に直面していた。なによりも不思議なのは、なぜカルタン人がかれらからはなれたのかという点だ。症状が再発して、またおかしくなったのか？　それとも、まだかれらには話したくないなにかを見つけたのか？　音もなく動物に襲われて、運び去られた可能性も排除できない。《レダ》がかならず気づくともかぎらないのだ。このジャングルは生命に満ちている。《レダ》ほどの高度なシントロニクスでも、探知エコーが多すぎて、すべてを個別に見分けるのは不可能だ。

《レダ》が進む方向や曲がる場所を指示し、ローダンとベオドゥは苔におおわれた空き地のはずれに出た。だれか、あるいはなにかが立ち入った痕跡は見当たらない。

「ここで待て」ローダンはそういって、ネット・コンビネーションのヘルメットを閉じた。「なにがひそんでいるかわからないから」

「自分から怪物の口に飛びこむつもりはない。ここにいる」と、ベオドゥ。

　空き地に足を踏み入れたローダンのからだがたちまち沈みこんだ。足から先に、深みにのまれていく。

　闇のなかに落ちるのを覚悟していたが、周囲の光はなくならなかった。着地すると、そこは背丈ほどの高さの通廊だった。ごつごつした壁面は無数の虫におおわれている。光はかれらが発していた。虫の背中にちいさな光点があり、その数が圧倒的に多いため、ローダンは周囲のようすを細部まで知ることができた。

　床の上にはカルタン人のシュプールがはっきりとのこっていた。心を決めかねて何度か行ったりきたりしたあと、意をけっして一方向に歩きだしている。そのシュプールから、ナイ・レングが目眩を起こしているらしいこともわかった。足跡が見るからにふらついているし、ときおり壁に手をついて、数百匹の虫を押しつぶしているのも見てとれる。そういう場所だけ暗くなっているし、床には踏みつぶされた虫の死骸が散乱していたから。

「ナイ・レング、どこだ？」

　声が通廊にこだまする。返事はない。すでに遠くはなれていて声がとどかないか、答えられない状態にあるかだろう。ローダンは歩きだした。下り坂になっている通廊を進んでいく。ナイ・レングの足跡を見ると、かれが何度も足を滑らせているのがわかった。だが転んではない。

「ナイ・レング！」

　苦しげなうめき声が聞こえたような気がした。足をとめ、耳を澄ます。まちがいない。カルタン人がいるのはそう遠くではなさそうだ。もう一度呼びかけると、はっきりした返事があった。苦痛の悲鳴が聞こえる。

　さらに足を進めると、友の姿が見えた。

　ナイ・レングは洞窟のなかにつくられた、高さ四メートルほどの未完成のピラミッドに頸まで埋まっていた。数千匹の甲虫が十五段ピラミッドに群がって、さまざまな作業に従事している。建材を運んでくる者、凹凸を滑らかにする者、麻痺させたイモムシや昆虫を引きずって階段を登り、カルタン人のそばに押しこむ者。

ローダンはピラミッドに突進した。両手両足で虫を跳ね飛ばし、まだ柔らかい素材をナイ・レングのまわりから押しのけていく。

カルタン人が頭をのけぞらし、甲高《かんだか》い笑い声をあげた。目には狂気の光がある。自分の身になにが起きているのか、理解していないようだ。両腕があらわになると、ローダンはかれが自力で這い出してくるだろうと思った。だが、ナイ・レングは身動きしない。首から下が麻痺しているのだ。そのため、両足が見えるまで掘り進めて、ピラミッドから引きずり出さなくてはならなかった。

甲虫たちはなんの注意もはらわず、崩れたブロックをせっせと積みあげなおしていた。麻痺したイモムシや昆虫を回収している者もいる。それらは……ナイ・レング以上に……保存食糧の意味合いが強いらしい。

ローダンはカルタン人をかかえたまま足をとめた。ナックの人工外骨格にはじめて気づいたのだ。ピラミッドの反対側の床の上に転がっている。ナックの太い腹足の上の反重力装置と、四次元時空で方位を確認し、他者と音声言語で意思疎通するための音声視覚マスクがはっきりと見えた。位置がばらばらなので、ナックが犠牲になったのは明らかだ。すでに死んでいたのか、虫に襲われて殺されたのかはわからない。数匹の虫がローダンのからだを這いあがり、カルタン人を引きずっていこうとした。

それを手荒くはらいのけ、ピラミッドのそばをはなれる。かれは驚きとショックを感じた。ベオドゥの言葉はあったものの、この惑星にナックがいるとは思っていなかったのだ。

ナイ・レングがはげしい苦痛を感じているかのように身をよじった。目を大きく見開き、口から泡を吹いている。ローダンはそれ以上ためらわなかった。友をかついでピラミッドからはなれる。かれをドリフェル・カプセルにのこし、《レダ》に世話をさせなかった自分が恨めしかった。だが、いまはそんなことを考えているときではない。環境が変わって、ナイ・レングの状態がよくなるか悪くなるかはわからない。

老カルタン人の顔を見ると、いまはおちついて、リラックスしているようだ。ただ、額の半円の印は以前と同じように赤く輝いていた。

「《レダ》がどういうことなのか解明してくれるだろう」と、急いで話しかける。「検出しにくい毒に冒されているのだとしても、《レダ》が解毒してくれる」

落下した場所までもどると、ローダンはナイ・レングを押しあげた。ベオドゥがそれを受けとり、引きあげる。

「意識を失っている」と、ローダン。「カプセルにもどるぞ。ここにとどまるべきじゃない。スカラベの道を中央方向にたどるんだ」

「地球のスカラベという昆虫の話は前に聞いたことがある」と、アッタヴェンノク。

「あいつらにぴったりの名前だ」

「どうしてすべての道が中心に向かっているのかを知りたい」ローダンがナイ・レングをかついでジャングルのなかを通り抜けながらいった。

「同感だ」と、ベオドゥ。「銀色にきらめく巨大ピラミッドの目的も知りたい」

「中心地で見つかると思うのか？」

「もちろんだ！　ほかには考えられない」

ローダンはナックの外骨格を見つけたことを話した。

「それは証拠にならない」ベオドゥがおちついて答える。「ナックがこの惑星に居住しているとはかぎらない。宇宙船の乗員が虫の犠牲になったとも考えられる。たぶんジャングルのどこかに、かれらの宇宙船が不時着したんだろう」

そんな偶然は信じられなかったが、推測を重ねても意味はない。ローダンはなにもいわず、ナイ・レングをカプセルに運びこむと、《レダ》に面倒を見るよう指示した。

「とくに額の印を調べてくれ。赤い部分のサンプルを採取して、分析するんだ。この状態がなにかの毒物の影響なのかどうかが知りたい」

「わかりました」《レダ》はハッチを閉じ、カプセル内部をジャングルから切りはなした。

ベオドゥがスクリーンに目を向ける。

「銀色のピラミッドが見えてくるはず。歓迎されるかどうかは別問題だが」

＊

「予想すべきだった」と、クラシュハト。「フン＝クイザルの供給施設は目立ちすぎる」

「起きてしまったことです」ドラムサルが応じた。「かれらは着陸し、またスタートしましたが、それはわれわれを放っておくことにしたのではなく、好奇心のためですから」

「あわてる必要はない」クラシュハトが強い口調でいう。かれはその部屋に集まった〝七名組〟の最上位で、全員から無条件に尊敬されているが、恐れられてもいた。一線をこえてかれに逆らう者は、だれも安全ではいられない。論敵を前にしたクラシュハトは仮借なかった。

「たしかに！　あわてるのは論外です」ドラムサルが同意する。「ですが、なにか手を打つことも必要です。せめて準備はしておかないと」

「そのために集まってもらったのだ」クラシュハトは重々しく居ずまいを正した。「秘密は守らなくてはならない。異人のためのものではない情報を、かれらにあたえることはできない。それはわれわれの存在を崩壊させるから」

「どうすればいいでしょう？」と、ドラムサル。ほかの者たちは沈黙している。クラシュハトを前に、徐々に萎縮してきた結果だ。

「かれらがどこまでやるか、なりゆきを見守る。やりすぎるようなら、打ちのめす……すばやく強力に、いっさいのチャンスをのこさず」

「殺すのですか？」と、ドラムサル。

「それしか方法がなければ、そうする。この惑星の秘密を知られたら、殺すしかないだろう。数年前にやってきて、われわれの任務に深く鼻を突っこみすぎた者たちのように」

やはり意見を述べる者はいない。反論が期待されているわけではないから。

「フン＝クイザルの供給施設の撤去も考えるべきではないでしょうか？　目立つので、惑星に近づく者の注意を引きがちです」

「それも考えられるが、そうかんたんにはいかない」と、クラシュハト。「野生のフン＝クイザルの心配をする必要がある。そのなかからわれわれに必要な個体を選抜しているのだ。かれらがいないと任務をはたせない。知ってのとおり、野生の個体にきびしい態度をとれば、役にたつ者たちも反抗するようになる」

「行動を偽装してはどうでしょう」ドラムサルが提案した。「たとえば、野生の個体数百万がカタストロフィによって死滅するよう仕向け、それを異人のしわざに見せかけるのです。うまくいけば一石二鳥です。供給施設は数年で地表から消え、厄介な詮索者の目はほかの世界に向くでしょう。フン＝クイザルの効率もあがるはず」

「名案だ」クラシュハトが不承不承という感じで賞讃する。ドラムサルの案がうまくいきそうなのは認めるが、自分で思いつけなかったのが気にいらないのだろう。それでなくてもドラムサルには疑念をいだいている。指導者の地位を虎視《こし》眈々《たんたん》と狙っているようだったから。「どうやって進めるか、考えてみよう」

＊

ローダンはナイ・レングのようすを見ながら不安を募らせていた。《レダ》が額の赤いマークを分析したが、毒物は検出されなかった。くわしい血液検査の結果もとくに問題はない。ドリフェル・カプセルの医療ロボット・セクターにもナイ・レングの精神が混乱した原因は不明で、治療方法もわからない。

そのあいだもベオドゥはスクリーンから目をはなさなかった。ナイ・レングは床にしゃがみこんでちいさく笑いつづけ、上体を前後に揺らしている。ドリフェル・カプセルは星形にのびるスカラベの道の中心に向かった。アッタヴェンノクはいら立たしげにシートのなかでからだを揺すっている。事態の進展が思ったほど早くないのだ。

突然、ベオドゥがタランチュラに嚙まれたような叫び声をあげた。

「あれだ。いったとおりだ。あなたはわたしの夢を信じなかったが」

ローダンは微笑した。

「ばかなことを」と、かれの熱意に水をささないようにいう。「わたしがずっときみを信じていたことはわかっているはず」

「では、わたしと同じくらい強く、夢を信じていたというのか？」ベオドゥが目をまるくしてテラナーを見る。

「何度もそういっただろう」

アッタヴェンノクは深いため息をついた。

「ずいぶん長くかかったが、ようやくあなたも準備ができたようだ」

腕をのばしてスクリーンを指さす。

「あれがそのピラミッドだ。銀色にきらめいて、巨大で、十五段。夢で見たとおりだ」

空気は熱で揺らめいているが、ピラミッドははっきりと見える。天を衝くというほどではなく、高さは五百メートルくらい、底面の一辺の長さもほぼ同じだった。それでも充分に偉容といえる。直径数キロメートルの広場の中央にそびえ、スカラベの道はその広場からのびていた。銀色のピラミッドのまわりは高さ数メートルの何千という小ピラミッドで埋まっていた。甲虫が素材を積みあげてつくったものだ。

《レダ》は銀色のピラミッドから二百メートルほどはなれた場所に着陸した。数千匹の甲虫が逃げまどったが、ローダンもベオドゥもいっさい注意をはらわなかった。ジュアタフ・ロボットを連れて銀色のピラミッドの底面に沿って移動する、四十体ほどのナックの姿に意識を集中していたから。

「ナックだ」ベオドゥが驚きの声をあげる。「あなたがかれらのシュプールに出くわしたのは、偶然ではなかったということ」

「いや、偶然だろう」ローダンが笑って訂正する。「だが、ナックの外骨格が転がっていたのは偶然ではない。この惑星にはかなりの数のナックがいるようだから」

「われわれの存在に気づいていないように見える」と、アッタヴェンノク。

ローダンも同意せざるをえなかった。ドリフェル・カプセルの着陸を見れば、ナックのあいだに多少は動揺が走って当然だろう。だが、かれらはだれも注意を向けようとしていない。

《レダ》がハッチを開き、外に出たローダンは、一列になってピラミッドのまわりを進むナックを唖然として見つめた。一ジュアタフ・ロボットがかれらを追いたてているが、その動きは安定せず、バランスを崩したようにぐらぐらと揺れている。ナックのほうも装備をうまくあつかえていないようだ。通常なら問題なく反重力装置で移動できるのに、すくなくとも半数のナックが装置の使い方を忘れてしまっているように見える。かれらもまたバランスを崩していて、何度も何度も地面に落下している者もいた。それだけではない。ほぼ全員の音声視覚マスクがずれてしまっている。

ナイ・レングがおろかそうに笑った。

「全員が酔っぱらっている」かれも舌がまわっていない。

「そうではないだろう」と、ローダン。「うまく外骨格をあつかえていない印象だ」

ベオドゥが驚いたようにかれを見た。

「そんなナックがいるのか？　全員があつかえるはずだ。子供のころから使っているんだから」

「プシ錯乱になれば、そうはいかない」

「プシ錯乱？　かれらが精神に障害を負っていると思うのか？」ベオドゥはナックに数歩近づいたが、すぐに足をとめ、どんな動きも見逃さないよう、じっと目を凝《こ》らした。

「わたしには明白なんだ」ローダンが打ち明けるようにいう。

「だったら、かれらがなぜこちらに注意を向けないのか、わたしにも明白だ」

「行こう。かれらと話をしてみたい」かれはナックの列に近づきながらピラミッドの頂上を見あげた。ベオドゥの夢がまたしても現実になったことに、もうとまどいはない。むしろだれかがベオドゥの夢を通してかれを導こうとしているという確信が深まっていた。その道の果てでエスタルトゥが見つかるのだろうか。

この巨大な建造物になにがかくされているのか？　ピラミッド形であることに、なにか深い意味があるのだろうか？　近くから見ると、ピラミッドのまわりを無数の甲虫が動きまわっているのがわかった。風が運んできたものを表面からとりのぞいているようだ。

「やあ、ハロー！」アッタヴェンノクが声をかけた。「なにをしてるんだ？　お客がきてるのが見えないのか？」

ナックたちが動きをとめ、ローダンとベオドゥに向きなおった。ジュアタフは地面にしゃがみこんだ。

一ナックが緩い曲線を描いてかれらのほうに滑空してきた。技術装置の制御にまだしも問題をかかえていないらしい。

「アッタヴェンノクと、見たことのない二本足」そのナックのちいさな十二本の腕はつねに動きつづけ、頭部の二本のプシ触手は直立していない。ナックがそれらをコントロールできていないのは明らかだった。「歓迎しよう」

「感謝する！」と、ローダン。「フンドロにナックがいるとは驚いた」

「驚くのは冷静な者の特権だ」ナックがいった。

ベオドゥは頭をかかえ、ローダンはナックのばかげた反応に茫然となった。

「わたしはスラクラ」相手が自己紹介する。「いっしょにこい。客として歓迎する。フンドロはあなたたちに開かれている」

「ナイ・レングを見張っていてくれ」ローダンはネット・コンビネーションのピココンピュータ経由で《レダ》に指示した。「当面、カプセルの外に出さないように」

「船内にとどまらせます」《レダ》は即座に応答し、ナックに気づく隙をあたえなかった。

ローダンはドリフェル・カプセルを振り返った。ハッチは閉まっている。これでナイ・レングは安全だ。ナックのあとをついていく気はなかった。ピラミッドのなかになにがかくされているのか、ナックたちがどこからきたのか、なんとしても知りたいから。

ローダンがふたたびピラミッドに向きなおったとき、背後で爆弾が破裂したような音がした。あまりの大音響に、鼓膜が破れたと思ったほどだ。同時に地面が震動し、耳をつんざく絶叫が響いた。ベオドゥがショックで地面に倒れる。ナックたちは硬直した。短い腕は動いているが、役にはたたない。ジュアタフ・ロボットは転倒し、そのまま起きあがってこなかった。ローダンは衝撃で横ざまに吹き飛ばされ、立っていられず、からだが一回転した。そこに《レダ》の警報がとどいた。

それでようやく襲撃者の姿が見えた。装甲をまとった巨大なイモムシが爆発的な勢いで地中から飛び出し、貪欲にナックに突進していく。剃刀のように鋭い口吻《こうふん》で抵抗できない数体のナックをはさみ、ばらばらに切り刻んだ。テラナーが介入する前に怪物はすくなくとも十体のナックを殺し、そのうち数体は何層にもなった口のなかに消えていた。

怪物がベオドゥに狙いをつける。かれの衣服は装甲した怪物の肢に生えた、無数の棘《とげ》のひとつに引っかかっていた。ベオドゥはなんとか自由になろうともがくが、うまくいかない。

　ローダンが発砲した。狙いすましたエネルギー・ビームが怪物の装甲を貫通する。殺すにはいたらなかったが、明らかにひどい苦痛をあたえたようだ。イモムシは高くからだを持ちあげ、苦しそうな咆哮《ほうこう》を放った。ようやくベオドゥが自由になり、三メートルほどの高さから地面に落下する。かれはすぐに体勢を立てなおし、ピラミッドのほうに逃げ出した。

　イモムシはローダンに向きなおった。威嚇《いかく》するようにからだを高くもたげ、風切り音を立てて把握肢を振りまわす。陽光が反射した複眼が虹色にきらめいた。

　ローダンが再度発砲。ビームは頭部のすぐ下に命中し、装甲を破壊した。それで充分だった。イモムシは大きく咆哮し、向きを変えて、地中から襲いかかるときにできたトンネルのなかに逃げこんだ。その姿が完全に見えなくなるかと思ったとき、動きがとまり、痙攣《けいれん》がはじまる。強力な胴体が前後にのたうち、グリーンの体液が腕ほどの太さの棘から噴出した。動きは徐々に弱まり、とうとう完全にとまった。

　数千匹の大型甲虫の群れがジャングルから押しよせてきた。イモムシの死骸は甲虫のきらめくからだの下にたちまち見えなくなった。

5

スラクラと名乗ったナックが先に立ち、ピラミッドの影になった側にまわりこんだ。ペリー・ローダンとベオドゥはピラミッドの四面が完全に同じではないことにはじめて気づいた。深い切れこみが基部から頂上までつづき、そのすぐ横には高さ四メートルほどの入口があった。入口は継ぎ目のない滑らかなハッチで閉じられている。ローダンとベオドゥはそこからピラミッド内部に案内されるものと期待したが、そうはいかなかった。スラクラは頂上に通じる切れこみのなかに入るよう両名をうながした。足を踏み入れると反重力フィールドが働き、いっきに頂上まで運ばれる。そこでピラミッド内部に通じるハッチが開いた。

なかに入ったあとも、ナックと四本脚のロボットの到着を待たなくてはならなかった。

「あなたは命の恩人です。われわれ、けっして忘れません」べつのハッチの前に着くとスラクラがいった。

「どうして武装もせずに外に出たんだ？　ああいう襲撃は前にもあったのか？」と、ローダンがたずねる。

「不意を突かれたのはまちがいありません。イモムシに襲撃された話は何度も聞いていましたが、自分の身に起きるとは思っていませんでした」

「外でなにをしてたんだ？」と、ベオドゥ。

「決まっているでしょう。新鮮な空気を吸って、運動をしていました。以前は外で暮らしていたんです」

「以前？」

「ピラミッドができる前です」

アッタヴェンノクは頭の翼をつかんだ。

「理解できない。ピラミッドができる前からナックがフンドロに住んでいた？　だれがピラミッドをつくったんだ？　ナックじゃないのか？」

スララクラは見るからにとまどっていた。ちいさな腕を振りまわしながらからだを前後に揺すり、直立していられないかのようだ。

「質問が多すぎるようだ」ローダンが指摘する。「友を困らせるべきではない」

かれはさっと周囲に目を走らせた。四角い部屋の壁は滑らかな金属製で、明らかに一種のエアロックだ。家具類はなにも置かれていない。

「とはいえ、わたしもだれがピラミッドをつくったのかには興味がある」

「わたしは知りません」スララクラが答えた。

「どれくらい前からあるのかはわかるか？　いつからフンドロに存在していた？」と、ローダン。

「それもわかりません」

「だが、ナックはピラミッドができる前からここに住んでいたといったろう？」

「そう聞いただけです」ナックがあやふやに答える。

「ピラミッドはなんのためにあるんだ？」ベオドゥがたずねた。

　スララクラは答えようとしたが、すっかり混乱していて、一貫した言葉が出てこない。ジュアタフ・ロボットが会話に介入しようとして四本の脚をもつれさせ、転倒した。ナックがそのまわりに集まって立ちあがらせようとするが、たがいにじゃまをするばかりだ。かれらは数分のあいだ押し合いへし合いしていたが、やがてようやく反重力装置で体勢を安定させた。

　ローダンはかれらがプシ錯乱におちいったナックだと確信した。〝永遠なる穴〟での試験に落ちた者たちだ。だが、そこからべつの疑問が生じる。

　このナックたちはどうやって、ナコード・アズ・クールからここまでやってきたのか？　だれかが運んできたのはまちがいない。プシ錯乱のせいで、かれらが自力で宇宙船を飛ばすのは不可能だから。

疑問はまだある。〝永遠なる穴〟はどこにあるのか？　フンドロの近くなのか？　だとしたら、ほんとうにブラックホールだと考えてもいいのだろうか？

アッタヴェンノクがかぶりを振る。精神に障害を負ったナックのことをどう考えればいいのかわからないようだ。

「なにが起きているんだ？」と、ローダンにたずねる。「外には大型甲虫に食い散らかされたナックの死体が散乱してる。ほとんどが大食いの巨大イモムシにやられた者たちだ。ここで食い殺させるためにフンドロから連れてきたんだろうか？」

「そのためにこんなピラミッドまでつくって？」ローダンがばかにするように反問した。「いささか費用がかさみすぎるとは思わないか？」

「たしかにそのとおりだ」と、ベオドゥ。

「目的がプシ錯乱したナックを殺すことなら、たんにナコード・アズ・クールで行方不明にすればいい」ローダンが指摘する

「同感だ。そのほうがかんたんだし、たぶん安あがりだろう」

「意見が一致したな。つまりプシ錯乱したナックをフンドロに連れてくるのは、特別な目的があるということ」

「ああ……だが、どんな目的だ？」ベオドゥはわけがわからないというように首を左右に振った。「もちろん、ナックは感傷的な性質ではないから、精神を病んだ同族を遠い

惑星の、一種の病院のような施設に収容して、ずっと面倒を見るようなことはしないだろう」

「ああ、それはありえない」ローダンは強く同意した。「かれらはきわめて即物的に、目的達成の効率だけを考えるから」

「ここで治療しているということはあるだろうか？」

「どんなことでも可能性はある」と、ローダン。「ただ、プシ錯乱が治療できるとは思えない。治療が可能だとしても、なぜそれを患者が発生する場所で……つまり〝永遠なる穴〟で実施しない？　なんのためにこの惑星に運んでくるんだ？」

　その答えを一部でもいいからスララクラから聞き出そうとしたものの、むだだった。ナックはかれらの考えを追いかけることができず、有益な情報は得られなかった。

「とりあえずあきらめよう」スララクラが疲れきって集中できなくなっているのに気づき、ローダンがいった。「移動するぞ」

「同じことだ、ワキアン」ベオドゥはそういって、自分の種族の言葉でいくつか悪態をつけくわえた。「ここでは全員が狂気におちいっている。それを受け入れるしかない。十語以上の一貫した言葉はだれからも聞けないんだ」

　スララクラがハッチを開けると、その先はひろい部屋だった。十数体のナックが複雑な見た目の制御パネルの前に立ち、ちいさな手でさまざまな操作をしている。無数のスクリーン上にかれらの行動の結果がしめされていた。ローダンにもベオドゥにも意味はわからない。表示されているシンボルはどれも見たことのないものばかりだった。

「ここではなにをしているんだろう？」と、ベオドゥ。

スラクラはなにも聞こえなかったかのように、かれのわきを素通りした。

「ワキアン、われわれ、これがどういう意味なのか、知るべきだとは思わないか？」

「たしかに」と、ローダン。「だが、かれはなにもいうつもりがないらしい」

制御卓に近づき、作業をしているナックを観察する。スラクラが突進してきて、ローダンを押しもどした。

「じゃまをしないで！」と、強い口調でいう。「かれらは苦労しているんです」

「どんな苦労があるんだ？」ローダンが思わず訊きかえす。

「こんどこそ答えろ！」アッタヴェンノクが甲高い声でもとめる。

スラクラは驚いて身を引いた。ちいさな手を防御するようにあげ、懸命に答えを考える。

「わかりません。ほんとうに知らないんです」

「嘘をつくな！」と、アッタヴェンノク。「わかりきっている。かれは最初からなにも話す気はなかった。それでもわれわれが、ここでなにか発見するとわかっていたんだ」

「ちがいます」スラクラが叫んだ。「先に進みましょう。あなたたちが滞在する部屋があります」

身振りで反重力シャフトの開口部をしめし、その場で停止する。ローダンは一瞬ためらったあとナックのわきを通り過ぎ、シャフトのなかに入った。同時に落下しはじめたが、かれはおちついていた。二メートルも落ちないうちにネット・コンビネーションの反重力装置が自動的に介入したから。一方、アッタヴェンノクはそこまで準備ができていなかった。テラナーのすぐあとにつづき、そのまま落下していく。両腕を大きくひろげたものの、効果はなかった。

ローダンが両腕をひろげてかれを受けとめる。

「この借りは返すぞ」ベオドゥは憤然とつぶやいた。「上の施設でなにをしているのかわかった！　あいつら、われわれを罠にはめて楽しんでいるんだ」

ローダンはかれをかかえたまま、横に分岐する通廊に滑りこんだ。スラクラが浮遊して接近してきてかれらの横に着地し、まっすぐ壁に突っこんでいく。音声視覚マスクが壁にぶつかり、大きな衝突音が響いた。ナックは驚いて大声をあげ、コマのように回転して床にぶつかった。からだをふたつに折って前後に転げまわり、ローダンの手を借りてどうにか起きあがる。

「どうしたんだ？　目が見えないのか？」と、ベオドゥ。

「ばかな質問には答えません。だれかが前方に障害物を置いたんです。あなたも気をつけたほうがいい」

ベオドゥはローダンにちらりと目を向け、二枚の頭翼のあいだを指で軽くたたいた。いいたいことは明らかだ。ナックの状態はとっくにわかっていた。

スラクラは数メートル進んで左に曲がり、また壁にぶつかって、反対側の壁にあるドアを開けた。

「ここを使ってください」と、ナック。

部屋のなかを見て、ベオドゥは憤激した。

「殺す気か？」と、金切り声で叫ぶ。

目の前の室内は明るく、数千の大型甲虫が壁に蝟集《いしゅう》していた。びっしりと壁面を埋めつくし、隙間はどこにも見えない。

「なにか問題でも？」スラクラがいら立たしげにたずねた。「部屋が気にいりませんか？　どうしてわたしがあなたがたを傷つけると思うんです？」

「あれが見えないのか？」と、アッタヴェンノク。

「実際、見えていないのだろう」ローダンがベオドゥの言葉のつづきを待たずにいった。「まだわからないか？　かれは自分の音声視覚マスクを正しく使えていない。だからわれわれの、四次元時空の現実が把握できないんだ」

「忘れていた」アッタヴェンノクはしゅんとなった。「すまなかった、ワキアン。かれはわれわれが見ているものではなく、なにかまったくちがうものを見ているわけだ」

　ローダンはナックに向きなおった。とまどってドアを閉め、進む方向を決められずに行ったりきたりしている。

「きみが見せてくれた部屋は大型甲虫でいっぱいだった。それでは居心地よく滞在できない」

「なにかがまちがっているようです」スラクラがつぶやいた。「それがなんなのか、わかりさえすれば！」

　かれは急いでべつの部屋に向かい、ドアを開けた。

「この部屋ならだいじょうぶですか？」

「けっこう」部屋のなかをのぞいて、ローダンがいう。「必要なものはすべてそろっている」

　部屋にはすわり心地がよさそうな長椅子が二脚と、ブロック型のシートがいくつか置かれていた。壁には複数のスクリーンがあって、通信・娯楽機能の用意をしめしている。テーブルの上には各種のフォリオと筆記具がならび、わきテーブルには多彩なフルーツが山盛りになっていて、その横のちいさな容器には可食性を判定する試料がそろっていた。ただ、その試料がどの種族を対象としたものかの説明はどこにもない。

「ワキアンとわたしはここに滞在する」ベオドゥはそういったあと、笛のような一連の音をつけくわえた。ずいぶん長らく出したことのない音だ。ほんとうに満足しているらしい。あんな状態のナイ・レングがそばにいて、思っている以上に負担がかかっていたようだった。

「わたしはこれで失礼します」と、ナック。

「ああ、おかまいなく」ベオドゥが応じる。「もう壁にぶつからないようにな」

そういったとたん、衝突音が響いた。スラクラがドアを通過しそこねて、すぐ横の壁にぶつかったのだ。目眩を起こしたのか、しばらくそのまま身動きしない。ローダンがかれのからだをつかみ、向きを変えさせ、戸口のほうに押しやった。

*

「どうかしたのか？」居室のドアを手探りするローダンを見て、ベオドゥがたずねた。かれはいつものように、ローダンにはカルタン語で話しかけている。そのさいには口吻に内蔵された半生体性トランスレーター＝シンセサイザー、かれのいう〝トランセサイザー〟が使用された。カルタン語を使うときは、もとのヴェンノク語の声も同時に聞こえてくる。鳥のさえずりに明るい鐘の音を混ぜたような音だ。ローダンはもうすっかり慣れていて、気にもならなかった。

「ここでなにが起きているのか知りたい」と、ローダン。

「正気を失ったナックが、あの装置でなにをしてるのかってことか？」

「そのとおりだ」

スラクラがいなくなってから数時間が経過した。外はもうすっかり夜だろう。《レダ》との接続はとぎれている。ピラミッドの金属に遮断されているにちがいない。ときおり理解できる言葉が聞こえることもあったが、まともなやりとりはむずかしく、ローダンは《レダ》との通信をあきらめた。

「たぶんナックはもう眠っている。ロボットもなにもいってこない。ナックと同じくらい、機能不全におちいっているんだろう」

「そのとおりだと思う」ベオドゥは伸びをした。いままで寝ていて、ローダンがドアのそばの壁にかけた目かくしの布をとり去ったので、目をさましたばかりだ。

「このピラミッドの夢は見ていないのか……ナックがしていることも？」テラナーがドアの開閉機構を調べながらたずねる。

「あなたらしいな」アッタヴェンノクがいいかえした。「重要な情報はすべてわたしにたよって、自分はできるだけなにもしない」

ドアが開いた。

「わたしは尊敬されていないらしい」ローダンはジョークを口にした。

「そのとおり」ベオドゥが真顔で答える。「従者はワキアンを批判しないものだ」

かれはローダンを追いこして反重力シャフトに近づき、手を突っこんで調べた。

「上昇になっている。先に行くか？」

ローダンは微笑した。

「手をつなごう！　念のためだ」

アッタヴェンノクが手をのばし、テラナーがその手をつかんで、いっしょに上昇する。

結局、用心は必要なかった。反重力フィールドがとぎれることはなく、両名とも無事にピラミッドの頂上に到達する。

「だれもいないな。いまならじゃまされずに見てまわれる」ベオドゥが低い声でいい、かれらはスクリーンのならんだ部屋に入って、さまざまな装置の機能を調べた。調査は困難だった。ナックはプシオン的にスイッチを操作するので、その能力がない者にはかれらがどうやっているのか、装置がどう働くのか、理解できないのだ。

ベオドゥはすぐに成果は得られないと結論した。ローダンはあきらめず、とうとういくつかのスクリーンのスイッチを入れることができた。

「ちょっと待て！」しばらくして、ローダンはとまどった声をあげ、アッタヴェンノクを見た。「まちがいない、これはただのシミュレーターだ」

「シミュレーター？」ベオドゥがかぶりを振る。「それはおかしい。だったら、この装置類になんの意味がある？」

「その答えは明白だろう？」

「わたしにはわからない」アッタヴェンノクは動きをとめ、両手で頭をかかえた。「つまり、このピラミッドが実際には……宇宙船だといいたいのか？　この施設はナックに操縦方法を教えるためのものだと？」

「全然ちがう」

「では、なんだと？」

「〝永遠なる穴〟の試験に落ちたナックの、すくなくとも一部がここに送られるという点は意見が一致した」

「たしかに！　プシ錯乱におちいった者たちだ」

「そう！　では、かれらを助けよう、プシ錯乱を治療しようという試みがなされているというのは、充分に考えられる」

「そういうことか」ベオドゥは驚愕していた。「もちろんだ！　結局、ここが一種の病院らしいということはわかっていた。だとすれば、患者が社会復帰の準備をするための訓練施設が必要になるはず」

「わかったようだな。これはかれらが実際にプシ錯乱を起こしたナックを治療しようとしている証拠なんだ」

　ベオドゥは手当たりしだいにあちこちのスイッチを操作し、実際になにも起きないことを確認した。さらに驚いたことに、いくつかのスクリーンが突然明るくなった。

「これは……わたしのせいか？」と、口ごもる。

ローダンはなにか重要な表示があらわれるとは思っていなかったが、スクリーンを見てはっとなった。たぶんピラミッド内にいるらしい、ナックの姿がうつっていたから。かれらのからだの上を数百のきらめく大型甲虫が這いまわり、ナックの姿がほとんどかくれてしまっているくらいだ。

「食っている」ベオドゥが恐怖の叫びをあげ、片手でローダンの腕をつかんだ。「ワキアン、わからないか？　治る見こみのない患者を甲虫のなかに投げ出して、餌《えさ》にしてるんだ」

「早とちりするな」ローダンはかれをおさえた。「だれがナックを甲虫のなかに投げ出した？　治る見こみがない者だとどうしてわかる？　どうしてナックが食われていると思うんだ？」

「見ればわかるだろう！」ベオドゥが憤然という。

スクリーンが消え、なんとかもう一度スイッチを入れようとしたが、うまくいかなかった。

「われわれがあの犯罪を目撃したことに、だれかが気づいたんだ。だから介入して、それ以上見られないようにしたんだろう」と、アッタヴェンノク。

自分が犯罪を目撃したことに一片の疑いもいだいていないようだ。一方、ローダンはナックが大型甲虫に食われていたとは思っていなかった。からだがまったく傷ついていなかったから。かれはベオドゥにその点を指摘した。

「それはなんの証明にもならない」アッタヴェンノクが興奮して反論する。笛や遠吠えやさえずりのような音が口吻から漏れた。「甲虫がいつ食事をはじめるか、だれにわかる？　いたぶってるんだ。ナックは反撃できない。無防備だ。甲虫はナックの苦痛と恐怖を楽しんでいて、これからすこしずつ殺していくのかもしれない」

6

ペリー・ローダンとアッタヴェンノクのベオドゥが居室まであと数歩のところまでもどってきたとき、はげしい爆発がピラミッドを揺るがした。割り当てられた部屋のドアが吹っ飛び、すさまじい勢いで通廊の壁にぶつかる。濃い煙が部屋からあふれ出た。ローダンはよろめいて数歩後退し、体重の軽いベオドゥは爆風で反重力シャフトのほうに吹き飛ばされて、なんとか支柱につかまった。

「けがはないか？」ローダンがアッタヴェンノクを立ちあがらせながらたずねた。

「びっくりしただけで、けがはない」

通廊は反重力シャフトの反対側にものびている。かれらは鼻を刺す煙を避けてそちら側に後退した。

「あなたがドアをいじって開けたから起きたのか、それともだれかがわれわれを殺そうとしたんだろうか？」

ピラミッドの自動保安機構が反重力シャフトの反対側に反撥フィールドを展開し、通廊を封鎖することで煙がそれ以上ひろがらないようにした。同時に煙も徐々に薄くなる。爆発で起きた火災が鎮火した印だ。どうやら最大の危機は脱したようだった。

反重力シャフトをナック数名と一ジュアタフ・ロボットが上昇してきた。そのなかにスラクラがいるのかどうか、ローダンにはわからなかった。

ナックたちがたよりにならないことはすぐにわかった。半数は駆けまわって壁にぶつかり、あとの半数はたがいにぶつかってバランスを崩し、ロボットにぶつかったり、そのまま反重力シャフトのなかにもどってしまったりしている。

「こっちだ」ローダンが声をかけた。「爆発があったとき、われわれ、部屋にいなかった」

ナックたちが凍りついた。数分が経過し、ローダンがほんとうに声でかれらを麻痺させてしまったのではないかと思いはじめたころ、ようやく動きだしたナックたちが反重力シャフトを迂回して近づいてきた。

「わたしがわかるといいのですが。スラクラです」と、一ナック。

「もちろんわかるとも」テラナーは嘘をついた。

「なにがあったんです?」と、ナック。

「わからない。きみと話をしようと思って部屋を出ていた。なにかがなかで爆発して、ドアが吹っ飛んだ。部屋にいたら死んでいただろう」

「まさかこんなことが起きるとは」スララクラは見るからに動揺していた。「どうしてこうなったのかわかりません。ほんとうに申しわけありません」

「単純なことだろう」ベオドゥが憤然と声をあげた。「だれかがわれわれを殺そうとした。残念ながら、たまたまわれわれが部屋にいなかった」

「完全に論外です」ナックが反論する。「このピラミッドに、そんなことをする者はいません」

「きみたちのほとんどは頭がおかしいじゃないか」アッタヴェンノクはそうつぶやいたが、ごくちいさな声だったので、ローダンにしか聞きとれなかった。

「いくらでも見てまわってください」スララクラがいう。「秘密などありません。ピラミッドのなかのようすを見てもらえば、あなたがたを疎《うと》ましく思っている者などいないとわかるはず」

これは驚くべき提案だった。

「甲虫がナックを襲っているのを見た。あれはなんなんだ？」ローダンが口火を切った。

スララクラのまわりに集まっていたほかのナックがその問いに反応し、口々に勝手に答えはじめた。おかげでローダンとベオドゥには、なにをいっているのかほとんどわからない。それでもナックが大型甲虫のことを〝搾乳者〟、〝建築家〟または〝均衡者〟と呼んでいるのはわかった。ローダンはスララクラとだけ話をしてほかの者たちを黙らせようとしたが、うまくいかなかった。実のある情報も聞き出せない。かれらも大型甲虫のことをよく知らないのではないかという印象だった。ひとつだけたしかなのは、ナックが大型甲虫を恐れていないことだ。これはほんとうに意外だった。ローダンはスカラベの道の地下空洞で、ナックの死体の残骸をその目で見ていたから。

「提案を受け入れよう」ローダンがスラクラにいった。

「なんの提案です？」ナックはもうさっき自分でいったことを忘れてしまったようだ。

「われわれがピラミッド内を見てまわるという提案だ。異論がなければ、ただちにはじめたい」

「異論はありません」と、スラクラ。「どうぞ、見てまわってください。われわれは爆発の原因を調べます。わかったら、すぐにお知らせします」

*

「どうしてナイ・レングをピラミッドに連れてきていいかとたずねなかったんだ？」ほぼぜんぶの部屋を見てまわったあと、ベオドゥがいった。無数にある部屋はほとんどが病室仕様だが、どの部屋にもだれもいない。医療機器の置かれた治療室もやはり使われていなかった。

「わたしもそれは考えたが、ここでかれを助けられるかどうか、わからなかったのだ」

と、ローダン。

「ここのほうが《レダ》よりも設備は充実しているだろう。なんといっても、もっぱら精神疾患に対応しているんだ。われわれの友はまさにその精神疾患に苦しんでいる」

反重力シャフトに近い長い通廊に出ると、ナックがほとんど立ちどまらずに行き来していた。

ローダンはあらためて《レダ》とコンタクトしようとしたが、やはり障害は大きかった。それでもカルタン人の容態が悪化していることは伝わった。《レダ》にももう打つ手がないらしい。

「ナックが最後の希望だ」と、ベオドゥ。

かれらはスラククラと連絡をとった。ピココンピュータでわりとかんたんにコンタクトでき、カルタン人の状況を説明する。ナックはすぐさま、ナイ・レングを助けることに同意した。かれはローダンとジュアタフ・ロボットとともにピラミッドを出て、ドリフェル・カプセルからカルタン人を連れてもどった。ピラミッド内でカルタン人の状態を調べ、治せるものならできるだけ早く回復させると約束する。

ナックとロボットとナイ・レングの背後でドアが閉まり、ローダンとベオドゥはその場にとりのこされた。かれらはひとつ下の階層を調べることにした。

「ずいぶん状態が悪そうだった」階段をおりながらアッタヴェンノクがいった。「あんなようすを見るのははじめてだ。われわれにも気づいていなかったようだし」

ローダンがハッチを開く。かれはベオドゥに返事をしようとしていたが、目の前の光景に凍りついた。そこはひろめのホールで、中央に転送機が置かれている。壁にはさまざまなシンボルが輝いていた。見た瞬間にそれとわかる。

「夢で見た場所だ！」ベオドゥも同じくらい驚いていた。

まちがいない。アッタヴェンノクが夢で見て、〝永遠なる穴〟の手がかりがあるといっていた部屋だ。惑星ラムの霧のなかにピラミッドがあらわれたとき、ローダンはその形状と大きさに感銘を受けたが、さまざまなシンボルには気がつかなかった。いま、そのときのイメージがよみがえってきて、シンボルのことも思い出した。そこにナコード・アズ・クールの手がかりがかくされているのだろうか？　つまりベオドゥは無意識のうちに転送機に気づいていて、それが〝永遠なる穴〟に通じているのか？

そうとしか考えられない！

「夢のとおりだ」ベオドゥが勝ち誇ったようにさえずる。「すべて夢で見たとおりだ。ピラミッドのなかの部屋、それを見つけた！　もうすぐナコード・アズ・クールがどこにあるのかわかるはず」

ローダンは転送機に近づき、仔細《しさい》に調べた。すぐにそれが転送機の受け入れ部で、単一モードになっているのがわかった。

「この転送機は一方通行だ。ナコード・アズ・クールからここにくることしかできない」と、残念そうに説明する。

「だが、〝永遠なる穴〟の手がかりがあると夢で見たんだ。どこにある？　わたしの夢は嘘をつかない」ベオドゥが大声で主張した。

「インパルスだ！」と、ローダン。「おぼえていないか？　この惑星に着陸したとき、《レダ》がハイパーエネルギー・インパルスを受信した。異常に短く、分析できなかったものだ」

「ああ、おぼえているが、なにをいいたいのかわからない」

「あのインパルスはだれか、あるいはなにかが、この転送機で到着したことをしめしていたんだ」

「十中八九、精神を病んだナックだろうな」

「わたしもそう思う。プシ錯乱を起こしてナコード・アズ・クールでの試験に落ちたナックはここに送られる。インパルスはその受け入れ時に発生するんだろう」

「それはつまり……？」

「そのとおり！　次にナックが到着したとき、《レダ》が転送インパルスを遡《さかのぼ》ればいい。くるのがわかっていれば、うまくやれるはず」

　ベオドゥは手をたたいた。

「そうなればまちがいなくナコード・アズ・クールまでのシュプールがたどれる。夢で見た手がかりだ」胸の前で腕を組み、ため息とともにつけくわえる。「どうしていつもわたしの夢を疑うんだ？」

ドアがいくつか開き、四十名ほどのナックが入ってきた。いずれも重苦しい、ゆっくりした動き方だ。プシ錯乱のせいで、外骨格をうまく使いこなせていない。一ジュアタフ・ロボットがつき添っているが、それも正常に機能していなかった。四本の脚のうちの二本がななめにかしいでいるため直立できず、転倒しないようにときどき片手でからだを支えている。

「《レダ》」ローダンがピココンピュータ経由でささやいた。

かすかに聞こえる程度の応答がある。

「気をつけろ。わたしの思いちがいでなければ、ここでなにかが起きようとしている。ハイパーエネルギー放射があるはず。それをとらえて、発信源まで遡れ」

「最善をつくします」と、《レダ》。

数秒後にそれが起きた。転送機が作動し、七名のナックが転送フィールドからよろめき出てくる。典型的な外骨格を装着しているが、うまくあつかえていないようだ。次々と床に転がり、待ち受けていたナックが手を貸さないと、反重力フィールドを使って起きあがることもできない。

「ナコード・アズ・クールからきたんだろう。〝永遠なる穴〟の試験に落ちた者たちだ」ベオドゥがしずかに指摘した。

「転送インパルスはやはり短すぎました」《レダ》が残念そうに報告する。「準備していたのに、遡って追跡はできませんでした」

転送機で到着したナックはピラミッドのナックとジュアタフ・ロボットに異様なほど親しく丁重に歓迎された。まるで幼子のようなあつかいで、ある意味、それも当然だった。自力ではほとんどなにもできないのだから。

「どこに連れていくと思う、ワキアン？」

「病室だろう」ローダンは即答した。

「ついていくか？」

ローダンはうなずいて、転送機ホールから出ていくナックとジュアタフのあとにつづいた。近くにいくつか病室と治療室があり、重症のナックはそこに連れていくのだろうと思ったが、そうではなかった。向かったのは下行きの反重力スロープだ。

「われわれが同行しても気にしていない」ベオドゥが驚いたようにいった。「だが、下になんの用だろう？　病室はピラミッドの半分ほどの高さにある。下にも病室があるのか？　それとも、なにか特殊な治療を施すんだろうか？」

「わたしにわかるはずがあるか？　きみの知らないことを知っているわけではないん

だ」と、ローダン。

反重力スロープはピラミッドの側壁に突き当たって曲がり、同じ角度のまま下降しつづけた。ナックとロボットはそのまま進んでいく。ローダンの概算では、最初の曲がり角までに百メートルほど下っている。次の角で地表から五十メートルほどの高さということになるはず。だが、スロープはまだ終わらない。いちばん下の階層を通過し、地下三十メートルくらいのところまでつづいている。着いた先はブロックつくりではない通廊だった。

ナックとロボットがスロープから降り、その通廊を進んでいく。

ローダンとベオドゥは足をとめた。

「どういうことだ?」アッタヴェンノクが不規則な形状のトンネルの壁を調べながらいった。

「ここがどこかわかるか?」と、ローダン。「こういうトンネルは見たことがある。着陸してすぐ、ナイ・レングを探しにいったときに」

ベオドゥはたじろいだ。

「大型甲虫が掘ったトンネルということか? だったら、なにをぐずぐずしているんだ?」笛のような音とさえずりは興奮しているしるしだ。「かれらが新来者を甲虫の餌にするつもりだと思ってはいないんだろう?」

「予断はしない」ローダンはそういって進みはじめた。

「頭がおかしくなったのか、ワキアン？」アッタヴェンノクは不安そうに、ゆるんだ衣服をととのえた。「自分から大型甲虫の餌になりにいくのか？　わたしはそんなつもりはない」

「なによりもまず、ここでなにが起きているのかが知りたい」テラナーはそう応じた。「危険だと思うなら、ここで待っていればいい」

「それはないだろう！」ベオドゥは翼のある頭を振った。「臆病者だと思われるのは心外だ」

　両者はいっしょに歩きだしたが、ベオドゥはつねに一歩遅れて、ローダンのうしろにかくれていた。

　ナックはずっと先を進んでいて、もう姿が見えない。ときおり音が聞こえて居場所がわかるだけだ。

「急ごう！　見失いたくない」と、ローダン。

「どうだろうな」ベオドゥは不安そうだ。「ナックに多くを期待すべきじゃない。なにもかもに同意するとはとても思えないんだ。こっちがどこかで一線をこえたら、態度が急変するだろう」

「そうかもしれないが、まだ一線はこえていない」

トンネルが分岐し、ローダンは足をとめて耳を澄ました。右のトンネルを選ぶ。壁はやはり光を放つ何千ものちいさな虫におおわれていて、トンネルの先まで見通せた。力づけるようにベオドゥに手を振り、進みつづけると曲がり角があった。そこで足に根が生えたように立ちどまる。

ナックはほんの十歩ほど先にいた。転送機で送られてきた者たちが地面に転がり、その向こうの二本のトンネルから無数の大型甲虫が、折り重なる波のように近づいてきていた。もとからいるナックたちとロボットは後退し、大型甲虫が地面に倒れた新来者に群がる。

ベオドゥが恐怖の叫びをあげた。

ローダンは倒れているナックたちに駆けよってかかえあげ、足で甲虫を押しのけた。ナックが虫に食われるのを座視するわけにはいかない。

「やめろ！　なにをする！」べつのナックたちが叫んだ。

「その行動は認められません」ジュアタフ・ロボットの甲高い声も聞こえる。

「かれらの戒律に違反したようだ」アッタヴェンノクが近づいてくる甲虫を押し返すローダンに手を貸しながらいった。「だが、かまうものか。ナックは知性体だ。虫の餌などできない」

まばゆい熱線がローダンの頭部をかすめた。かれは即座に振り返り、同時に膝をついた。ネット・コンビネーションのベルトのホルスターに手をのばしたが、武器を抜く前に動きをとめる。

目の前に七名のナックがいた。いずれも完全に健康そうで、武器をかれとベオドゥに向けている。抵抗すれば発砲するのは明らかだ。

「武器を捨てろ！」―ナックが命じる。「戦闘服も脱げ。すぐにだ」

さらにベオドゥに向きなおり、こういった。

「きみも衣服を脱げ。武器をかくしておけないように」

＊

「脱出しろ！　安全なポジションで待機だ」ローダンはネット・コンビネーションを脱ぎながら、ピココンピュータでドリフェル・カプセルに指示した。

《レダ》から確認の応答があり、ほっと息をつく。

かれがネット・コンビネーションを脱ぐと、ナックはかれをわきのトンネルに連行した。

「おい、わたしはどうするんだ？」脱いだコンビネーションといっしょにとりのこされたベオドゥが叫んだ。ローダンは足をとめて振り返ろうとしたが、ナックが武器を背中に突きつけて先に進ませた。

「ワキアン、行けるようになったらすぐに駆けつける」と、アッタヴェンノク。

あとはしずかになった。ナックは捕虜をトンネルの奥深くへと進ませていく。

「ここでなにをしている？」ローダンがたずねた。「答える気がないのか？ プシ錯乱を起こしたナックをナコード・アズ・クールから連れてきて、どうするつもりだ？」

やがて洞窟に出た。中央に泥と有機物でできたピラミッドがひとつある。半分以上完成しているようだ。

「登れ！」一ナックが命じた。

ローダンは階段ピラミッドを登っていった。高さは八メートルほどだ。

「ここでなにをすればいい？ なんのつもりだ？」

「フン＝クイザルが答えてくれる」リーダーらしいナックがいった。「たぶんな」

ピラミッドのなかは深い空洞だった。ローダンはためらったが、武器を向けられていてはどうにもならない。ナックにいわれるまま、空洞のなかに入る。

「次はなんだ？」

ナックは無言で、ローダンはかれらの正気を疑いはじめた。数千の思いが脳裏に去来する。ためらいなく、即座にナックを攻撃しなかったのはまちがいだったのか？ ネット・コンビネーションを脱ぐべきではなかった？ ベオドゥはどうなった？ もっとも無防備な状態にあるナイ・レングはどうしている？

一通廊から戦闘音のようなものが聞こえてきた。ローダンが振り向くと、数千匹の大型甲虫が通廊からかれのほうに殺到してきていた。まさにとめようのない満ち潮のように、フン＝クイザルが押しよせてきて、逃げる間もなく迫ってくる。

「やめろ！　やつらを近づけるな！」ローダンは恐怖の叫びをあげた。

空洞から飛び出し、急いで階段を下るが、すでに遅かった。最初の甲虫が脚に飛びつき、第一波が押しよせてくる。虫の大波がかれを巻きこみ、懸命にはらいのけるのだが、次々と殺到してくる。棘《とげ》状の爪が皮膚に食いこむのが感じられた。腕から、脚から、胸から、頭から、次々と虫をはらいのけるのだが、どこかをかばうと空いたところにさらに虫がたかってくる。足を滑らせて床に転がり、数百匹の虫が下敷きになったが、からだにかかる重みはさらに大きくなった。きらめく甲虫がピラミッドのように積み重なり、ローダンはその下に埋もれて身動きできなくなった。

恐怖に震えながら両腕で頭をおおい、虫の爪から顔を守る。そしてようやく、甲虫の爪で全身を引っ掻かれているものの、噛まれたり刺されたりはしていないことに気づいた。

おちつきをとりもどし、大きく息をして、内心の声に耳をかたむける。大型甲虫はかれの全身を這いまわっていた。つねに動きつづけているが、噛んだりはしない。皮膚を引き裂いたり、食べようとしたりはしていないのだ。ローダンはベオドゥのことを考えた。

　大型甲虫がナックを襲っているのを見たとき、ベオドゥはなんといっていた？

「いたぶってるんだ。ナックは反撃できない。無防備だ。甲虫はナックの苦痛と恐怖を楽しんでいて、これからすこしずつ殺していくのかもしれない」

　ローダンはジャングルのなかにいた。惑星フンドロに着陸したあと、ナイ・レングを探したことを思い出す。だが、このジャングルはあのときのとすこしちがうようだ。木々は記憶にあるよりも背が高く、葉もさらに濃密に生い茂っている。下草がとてつもなく深いので、一歩歩くのにも苦労を強いられた。太い木の根が縦横に走り、それを懸命に乗りこえなくてはならない。

　葉擦れかささやきのような奇妙な音が聞こえ、かれは視線をあげた。樹冠にさえぎられて空は見えない。木《こ》の葉《は》の下に数万匹の黒いイモムシがぶら下がっていた。もりもりと木の葉を食べているが、木の葉は驚くべき速度で再生していく。体軀《たいく》がすくなくともローダンの倍はあるアリに似た生物がイモムシの上を歩きまわり、大顎で背中に嚙みついて、白っぽい体液を吸っていた。一匹の体液を吸いつくすと、次のイモムシにうつって同じことをくり返す。

　ローダンは苔に足をとられた。踏ん張ろうとしたが、耐えきれない。転倒すると、厚く敷きつめられた落ち葉の層を突き抜け、無数の色彩にきらめくシャフトのなかを落下していた。重力はちいさく、かれはふわふわと心地よく浮遊しながら下降していった。奇妙な音楽が聞こえ、外から射しこんだ光がシャフト内で色ごとに島をつくっているのが見えて、自分の正気を疑う。音楽が変化した。テンポが速くなり、下降するほど大きくなっていく。振り向こうとしたが、説明できない力がそれをはばんだ。

色彩の島が目のかたちになって、怒りと不快感に満ちた視線をかれに向けた。刃のように鋭い葉がどこからか飛んできて、先端をかれに向けたまま整列し、ぎらつく牙《きば》がならんだ口になった。

ローダンは狂気の瀬戸際《せとぎわ》にいると感じた。精神が錯乱しそうになるのに全力で抵抗するが、不協和音を響かせる異質な音楽が神経を蝕《むしば》みつづけ、敗北は避けられそうになかった。

7

ベオドゥは怒り狂っていた。ペリー・ローダンをひとりにした自分が許せない。ワキアンを守るチャンスなどなかったことも、合流するのが不可能であることも関係ない。

「戦うべきだった」声に出してそういい、怒りにまかせて地下牢の壁にこぶしを打ちつける。「撃たれなかったかもしれないんだ」

かれは衣服を脱がされ、横になるための〝窪み〟があるだけのこの部屋に放りこまれた。天井からは金属製の細いアームやコイルが下がっている。たぶん医療用だろう。壁に収納されたシートはあったものの、かれにはちいさすぎる。結局、シートは使っていなかった。床の上に寝転がったほうが楽だから。窪みに横になる気はなかった。謎めいた医療機器になにをされるか、わかったものではない。

〈操作するのはロボットにちがいない。あの悪党にはそれがどう機能するか、わかっているのだろう。どうせ拷問用に決まっている〉

ドアが音もなくスライドして開き、ナイ・レングが入ってきた。右手で禿頭を撫でながら、心許なげにアッタヴェンノクを見やる。

「なにが起きてるんだ？」そうたずねる声はベオドゥも聞き慣れたものだった。「ここはどこだ？　説明してくれないか？」

　ベオドゥは唖然としてかれを見た。

「ほんとうにきみなのか？」

　カルタン人は首をかしげた。着用している軽コンビネーションはピラミッドで支給されたものだろう。連れてこられたときとは服装が異なっている。頭部の毛が完全になくなって、まったく印象が変わっていた。睫毛《まつげ》まで抜けてしまっている。

「どういう意味だ？　からかっているのか？」と、ナイ・レング。

　ベオドゥは爪先立ちでちいさく跳ねた。

「口調はどうやらすっかり回復したようだな」

「口調だけじゃない……もうだいじょうぶだ」

　カルタン人は壁からシートを引き出して腰をおろした。

「そろそろ説明してくれてもいいと思わないか？」そういって地下牢のドアと壁を指さす。「ここはどこだ？　なによりも……ナックはここでなにをしている？　かれらはどこかようすがおかしい。ついさっきも、一ナックがまっすぐ壁にぶつかっていくのを見かけた」

ベオドゥは床の上にすわりこんだ。「きみは病気だったんだ、ナイ・レング。思い出せないか？」

「惑星ラムでゴーストタウンに行ったのはおぼえている。そこでなにかがあったんだろう。ラムをはなれる夢を見た。それ以外はなにもわからない。なにがあった？」

ベオドゥは片手を頭に置いた。

「こんなことをいうのは気が進まないが、きみはすっかり精神がおかしくなっていて、《レダ》にも治療できなかった。われわれ、もうあきらめていたくらいだ。そこでナックに託すことを考えた。どうやらうまく治療してくれたようだな」

「つまり、わたしは完全に狂っていたのか？」と、ナイ・レング。

「言葉を選ばずにいうなら、そういうことだ」

カルタン人はかぶりを振った。ベオドゥの言葉が信じられないようだ。

「ペリーはどこだ？」

「わたしもそれがいちばん心配なんだ」と、アッタヴェンノク。「ワキアンはナックに連れていかれた。助けを必要としているはず」

「だったら、すわりこんでいる場合じゃない」

カルタン人は立ちあがり、ドアに向かった。外から施錠されていて、かんたんには開かない。それでもあきらめずにがちゃがちゃやっていると、鍵が壊れたのか、ドアがスライドして開いた。

「これでよし」ナイ・レングが楽観的な口調でいう。「ペリーを助けにいこう。かれはわれわれのために、いろいろやってくれた。こんどはこっちの番だ」

ベオドゥはかれを見つめ、首を左右に振った。驚きをかくしきれない。ナイ・レングはすっかり変わっていた。

「ナックはなにをしたんだ？　どうやってここまで治療した？」

「知らない」カルタン人は外の通廊に出た。「数分前にべつの部屋で目をさますと、すっかりもとどおりの気分になっていた」

「そばにはだれもいなかったのか？」

「ああ、わたしだけだった。ロボットもいなかった」

「わたしにとってはまったくの謎だな」ベオドゥは嘆息した。「ま、いずれなにがあったのかわかるだろう」

*

ナイ・レングとベオドゥは絶望して足をとめた。一ナックが武器アームをかれらに向けて立ちはだかったのだ。かれらはすでに八時間ほど、ナックにもジュアタフ・ロボットにも出会わずにピラミッドのなかを彷徨《ほうこう》していた。ピラミッドはまるで死に絶えたかのようだった。シミュレーターで訓練していた者たちの姿もない。そしていま、いきなりあらわれたナックがブラスターでかれらを脅している。

「とまれ、動くな！」ナックはプシ能力で外骨格を完璧に制御していた。

ナイ・レングとベオドゥはおとなしくしたがった。両手をあげ、抵抗する意志がないことをしめす。

「われわれ、ペリー・ローダンを探している」カルタン人がいった。「かれはどこにいる？　何時間も前にきみたちが連れていったはず。かれをどうした？」

「その者は死んだ。不幸な事故だ。同じ目に遭いたくなかったら、居室にもどれ」

「死んだ？」ベオドゥは恐怖に立ちすくんだ。「信じられない」

「ありえない。どうなって死んだんだ？」と、カルタン人。

「われわれに抵抗して、そうなった」ナックは追いたてるようにちいさな腕を振った。

「質問はなしだ。居室にもどって、ヘクサメロンの預言者がフンドロに到着するのを待て。かれがおまえたちを連れていく」

「ヘクサメロンの預言者？」ベオドゥは動こうとしなかった。「ここにくるのか？」

「定期的に。きみたちが問題を起こさず、抵抗しなければ、かれの到着までここにいられる。きみたちをどうするかはかれが決める。運がよければ同行を許され、ヘクサメロンにくわれるだろう」

「運がよければ？」ナイ・レングはヘクサメロンにくわわることに気乗りがしないようだった。

「運がよければ生きのびられるということ」ナックが当然のことのようにいう。「わたしはドラムサルという。預言者にきみたちの処遇を決めてもらいたいと考えている。クラシュハトは意見がちがって、きみたちを処分したがっている。いまはかれが権力を握っている。かれには気をつけろ。きみたちと長く話し合ったりはしないし、反抗も許さない。出会ったのがかれだったら、きみたちはもう殺されていただろう。居室にもどれ。わたしがしびれを切らさないうちに」

「ヘクサメロンの預言者はいつ到着する？」居室にもどろうと振り返りながら、ベオドゥがたずねた。

「十フンドロ日後だ」と、ドラムサル。「おとなしくして、ピラミッド内を嗅ぎまわらなければ、生きのびられるだろう」

かれらは九日のあいだおとなしくしていたが、そこでナイ・レングが不確実な状況に耐えられなくなった。ペリー・ローダンがほんとうに死んだのか、それともどこかに閉じこめられて助けを待っているのか、どうしても知りたくなったのだ。それ以上に、カルタン人はせまい地下牢のなかで息が詰まりそうになっていた。ベオドゥはとめたが、ナイ・レングはふたたびドアをこじ開けた。

通廊に一歩踏み出す。

まばゆい閃光が走る。

ナイ・レングの絶叫が響いた。

*

ローダンは奇妙なクリスタル構造物のあいだでひしめく数百万の大型甲虫のただなかにいた。折り重なったクリスタルのなかから猫の頭のようなものがあらわれる。こぶしほどもあるグリーンの目がかれをにらみつけ、狂気を感じさせる荒々しい笑い声が響いた。見たことのない生物の、影のような姿がそこにくわわる。動物や知性体らしいものがたがいに争い合い、引き裂き合っている。姿を変化させるものもいて、その過程は恐怖そのものだった。

かれはますます深く狂気の迷宮に滑り落ちていき、出口はどこにもなさそうだ。

最初は衝撃のあまりただ流されるだけだった。数千匹で襲ってくる甲虫の群れに抗《あらが》う術はない。なにもできないとわかっていたので、あきらめるしかなかった。

時間の感覚は完全に失われていたが、それでもやがて、予想していた死の苦しみがやってこないことに気づいた。かれは狂気に抵抗しはじめ、細胞活性装置のはげしい連続インパルスを感じた。結局、そのおかげで長い時間が過ぎたことがわかった。

大型甲虫は明らかに、かれを食べようとも、苦しめようともしていなかった。なにかべつの目的があるらしい。

ローダンのもの思いはいきなり破られた。周囲のクリスタル構造が爆発的に崩壊し、かれは圧倒的な力に翻弄《ほんろう》された。深淵に投げこまれ、加速していくのを感じる。なによりも、それはかれに終わりが近いことを実感させた。

終わりは突然だった。落下がとまり、意識がおちつく。気がつくと、そこは二重恒星の下でゆっくりと回転する平原だった。細くて赤い脚がすぐ横で、もったいぶって前後に揺れているのが見えたような気がする。ただ、脚の上の胴体は見えなかった。なんとか見たいと思って視線をあげるが、そこで体力と集中力がつきてしまい、結局また脚だけを見ている。足には長い鉤爪のある四本の指があった。巨大な鳥を思わせる。

またしても意識が遠のき、周囲がいきなり真っ暗になった。場面が転換する。転移の感覚もないまま、かれはぎらつく恒星のただなかにいた。

ローダンは抵抗した。もうこんな光景は見たくないし、気の滅入《めい》る物音も聞きたくない。

なにが起きたんだ？　どうして虫に嚙まれる感覚がない？　どうして細胞活性装置はこれほどはげしくインパルスを発している？　侵入してくる力に対抗できたのはそのせいなのか？　あの力はなんだったんだ？　大型甲虫が放っていたのか？　かれにプシオ

ン・エネルギーを浴びせていた？　そうだとしたら、なんのために？

狂気の圧力に抵抗すればするほど、不気味で非現実的なイメージは遠ざかっていく。からだの上に無数の甲虫の肢を感じた。ずいぶん時間がたったにちがいない。

突然、あらたなイメージが流れこんできた。いままでのものとはまったくちがって、現実的に感じられる。自身のからだの動きを制御できないナックのイメージだ。かれらはよろめき、方向を定めようとして、壁にぶつかってしまう。そのイメージが揺らいで、やはりナックではあるものの、徐々にべつのイメージに変化した。きらめく大型甲虫が介入し、ナックがそれを受け入れる。まるで待っていたかのようだ。かすかな光の筋があらわれた。甲虫から発したそれがナックに向かってのびていき、ナックの動きが制御されたものになっていく。

ローダンは自分がいま説明を受けているのだと理解した。甲虫はただの虫ではなく、ナックと同じようにプシ能力を有している。その能力を使って、ナックのプシ錯乱を治療しているのだ。

「甲虫はプシオン的にしか意思疎通できない」頭のなかに言葉が閃《ひらめ》いた。

甲虫とナックをつないだ光の筋が脈動する。ナックから甲虫に向かう光の波動のほうが強くなった。

「甲虫がプシ錯乱したナックから、乱れたプシ・インパルスを受けとっている」と、ローダン。「そのインパルスを消化しているようだ。ナックの脳から搾《しぼ》りとっている。そうすることで治療し、同時にそのインパルスに介入しているのだ」

ローダンはこの関係性に意識を集中し、なんとかもっと深く甲虫と意思疎通しようとしたが、それはなかなか困難だった。大型甲虫の知性は高くないが、反応はすばやかった。重要事項に限定されず、同時にほかのこともできるようだ。またしても狂気に満ちたイメージが流れこんでくる。だが、ローダンはすこしずつ自分の意図を相手に伝え、かれらの考えを望む方向に導くことに成功した。フン＝クイザルはかれに、自分たちがプシオン性の病気になったナックを治療し、遅かれ早かれほぼ全員が治癒していると、明確に伝えてきた。

大型甲虫は何世代も前からナックを治療しつづけてきたという。時間の観念がはっきりしないので、一世代というのがどれくらいの期間なのかはわからない。だが、それは些末《さまつ》なことだ。重要なのはフン＝クイザルがナックを治療できるという点だった。

ローダンにわかったのは、ナックが〝ずっと〟この惑星で治療を受けていて、以前からここにいたということだった。やがてピラミッドをつくりはじめたとき、ハウリ人がやってきた。ヘクサメロンの預言者が。これがだいたい二十年くらい前だろう。預言者は完治したナックを自分のまわりに集めた。かれらは裏切られ、見捨てられたと感じていて、〝最後の六日間〟の哲学をよろこんで受け入れた。かれらにとっては唯一の、真の信仰なのだ。

その後ローダンは、健康なナックがプシ錯乱患者をこの惑星に投棄したのは偶然だったと知ることになった。べつの惑星が選ばれていても不思議はなかったが、運命のいたずらで、問題を起こす、試験に落ちたナックは惑星フンドロに追放されることになった。投棄されたナックがフンドロで回復し、フン＝クイザルがその要因だとわかったのは、ずっとあとのことだ。

たぶんこのことがピラミッドの建造につながったのだろう。使われていない病室の多さは、ナックがプシ錯乱の治癒の理由に気づくまで、長い時間がかかったことをしめしている。最初は適切な設備をそなえた病室が必要だと考えられていたようだ。

ローダンはヘクサメロンの預言者としてあらわれ、フンドロのナックに〝最後の六日間〟の哲学をもたらしたハウリ人のことを考えた。この預言者はすべてのナックを自分のもとに呼び集め、改宗させようとした。だが、長い年月のうちにナックたちは惑星全土に散らばり、その多くはかれのもとに参集せず、また野生生物の餌《え》食《じき》になったりした。野生のフン＝クイザルは行動の予想がつかず、何度も問題を起こした。ナックを襲い、殺し、食った甲虫もいる。ローダンのまわりにいる甲虫たちはそんな同族を強く軽蔑していた。かれらは〝蛮族〟とされ、どうにもできないと考えられている。

「預言者はどうなった？」ローダンはそうたずね、フン＝クイザルの思念イメージにハウリ人の姿を送りこんだ。かれらは質問を理解した。

「預言者は定期的にフンドロにやってくる。健康なナックを選んで、ヘクサメロンのために雇い入れる」

「わたしと友はどうなる？」

「預言者がやってきて、どうするか決めるまで、抑留されるだろう」

ローダンはさらに情報を得るか、自分の考えを甲虫に伝えるかしようとしたが、うまくいかなかった。何度やっても理解されない。やがてかれはフン＝クイザルに埋もれた状態から脱したいと思うようになった。だが、かれらは抵抗し、さらに多くの甲虫を呼びよせた。かれのからだにしがみつき、幻覚を誘発するプシオン・インパルスを浴びせてくる。

　くり返しベオドゥとカルタン人の現状をたずね、ようやく見せられた夢のようなイメージはかれをひどく不安にさせた。開いたドアが見える。ナイ・レングがそこを通って通廊に出ると、突然、閃光が走った。恒星のようにまばゆい熱線が通廊を突っ切り、カルタン人の胸をとらえる。ナイ・レングは死んでその場に倒れた。イメージはそこで消え、ローダンには理解できないべつのイメージがあらわれる。

　ナイ・レングは死んだのか？　ナックがかれを撃った？

　それが知りたくてさまざまなイメージを甲虫に送ったが、かれの質問は複雑すぎるようで、望んだ回答は得られなかった。

最後に、とくになんの意図もなく、ハウリ人のイメージを送った。返ってきたのは悲しみに満ちた感情だった。残念ながら、ハウリ人はいずれかれらのプシ共生者をフンドロから連れ去り、ヘクサメロンに仕えさせようとするだろう。だが、甲虫はヘクサメロンにまったく共感をおぼえていない。

イメージと質問に対する甲虫の反応を見て、かれはさらに思念を送った。そこに一縷《いちる》の希望をこめて。

あらゆる想像力を動員し、ハウリ人が連れ去られた共生者を虐待するだけでなく、宇宙全体の熱死によってこの銀河にも死をもたらそうとしていることを甲虫に伝えたのだ。それさえ理解されれば、これがかれら自身の死の予告であることを教えるのはたやすい。最大の効果をあげるため、ローダンはアフ＝メテムが炎の息吹《いぶき》で惑星フンドロを焼きつくすイメージを、色彩豊かな空想的映像として思い描いた。そのさい、つい誘惑に屈し、炎の侯爵が悪魔的な歓びに満ちて惑星のまわりをうろつき、両手で口の前にメガホンをつくって、炎の吐息で終焉をもたらす姿をつけくわえた。さらに一歩進んで、灼熱の炎に焼きつくされるフン＝クイザルの姿も生々しく想像する。この描写は大型甲虫をひどく動揺させた。思考がかなりのあいだ混乱状態におちいり、プシオン力を制御できなくなる。混沌としたイメージがローダンにとどいた。虫たちの恐怖の反映だ。

フン＝クイザルはかれのそばをはなれ、トンネル内に逃げこんだ。ほんの数秒で、ローダンは裸のままぽつんと床の上にとりのこされた。ついさっきまで数万匹のフン＝クイザルがかれのからだを埋めつくしていたことをしめすものは、もうなにもなかった。

8

ベオドゥが驚いてドアに駆けよった。

「ナイ・レング！」と、叫ぶ。

カルタン人はかれを抱きとめ、いっしょに床に転がった。右胸が醜く焼けただれている。

アッタヴェンノクはかれの衣服をはだけ、すでに手遅れだと悟った。熱線はカルタン人のからだを貫通し、致命傷をあたえていた。

「ナイ・レング……いま助けを呼んでくる」

カルタン人は口元をゆがめた。

「気にするな。手遅れだ」と、弱々しくつぶやく。

かれはさらになにかいおうとしたが、できなかった。目の光が失われていく。

ベオドゥはそれまで支えていたカルタン人の頭を床におろした。

「安らかに眠れ、老人」

戸口に影がかかるのがわかった。

「悪魔め！　どうしてこんなことを？」ベオドゥが叫ぶ。

「かれは理解しようとしなかった」と、ナックが答える。「警告はした。不服従には容赦しないし、われわれが連れ出すまでこの部屋から出ないようにと告げていた。どうしてかれはいわれたとおりにしなかった？」

ベオドゥは反論しようとしたが、言葉が見つからなかった。ナイ・レングはたんにこの部屋に閉じこめられているのに耐えられなくなったのだと、ナックにどう説明すればいい？　かれらには理解できないだろう。

「かれはきみたち全員を合わせたよりも価値があった。この代償は高くつくぞ」

「これが不服従に対するわれわれの罰し方だ」と、ナック。「逃げようとしたら、きみも殺すことになる」

ナックは出ていき、ドアが閉まった。ベオドゥは死体とともにとりのこされた。

*

大型甲虫がもどってきたとき、ローダンは恐怖も嫌悪も感じなかった。ナックがかれを虫たちに投げ出した場所から動いていない。最初は数匹のフン＝クイザルだけだった。

ローダンの周囲を這いまわり、壁の光る虫を食べていたが、かれにはまったく注意をはらっていないようだ。やがてフン＝クイザルの数が増えてくると、ローダンは床にすわりなおした。かれらはためらいがちに脚に触れてきて、まるでかれを傷つけないよう、気を使っているかのようだった。

「まだきみたちにいいたいことがたくさんある」ローダンはおだやかな声でそういった。言葉が伝わらないのはわかっていたが、声でかれらを安心させ、信頼を強化したかった。

数匹が背中から肩によじ登り、呪文が破れた。たちまち数千匹が群がってくる。数メートルの大波が押しよせてきて、ほんの数秒のうちにローダンの姿はフン＝クイザルの群れの下に見えなくなった。かれは意識を集中し、もう一度アフ＝メテムが炎の吐息で惑星フンドロを焼きつくすイメージを送り出した。ただ、こんどはかれ自身の姿も描き出し、炎の侯爵とフンドロのあいだに立ちふさがらせた。

フン＝クイザルは望んだとおりの反応をしめした。興奮と好奇心がローダンに向かう。かれらはローダンの姿を追いかけはじめた。イメージは伝わったということ。だが、理解しているのだろうか？

ローダンは両手をあげてアフ＝メテムの炎の吐息を防ぐ姿を見せた。だが、炎の侯爵はそうかんたんにはとまらず、フン＝クイザルの世界に炎を吐きつづける。ローダンは両手でそっと惑星をつつみこみ、運び去った。アフ＝メテムの炎の吐息が虚空に消えていく。

フン＝クイザルは明らかに興奮していた。ローダンが見せるイメージはまだ終わらない。炎の侯爵はほかの惑星に目をつけ、巨大化して、すべてを焼きつくす死の吐息をほかの星系や、さらには銀河の大部分に向けようとした。ローダンも巨大化し、その両手が銀河の一部を安全なところまで運んでいく。かれはフン＝クイザルにとっての騎士として、フンドロをふくむハンガイ銀河をアフ＝メテムの手がとどかない、若く活力ある宇宙に転移させる姿をしめした。

この〝上演〟を何度か、フン＝クイザルが理解するまでくり返した結果、かれがひそかに望んでいたことが起きた。大型甲虫が友情をしめし、同盟者になったのだ。かれらはアフ＝メテムの炎の吐息で死ぬことも、崩壊する宇宙にとどまることも望んでいない。活力ある、まだこれからの宇宙に転移することを望んだのだ。

ローダンがかれらにネット・コンビネーションのイメージを見せると、甲虫たちはかれのそばをはなれ、一トンネルに向かった。かれらが意図を理解してネット・コンビネーションのところまで案内してくれるのを期待して、ローダンはそのあとを追った。

精神の圧迫感が消える。狂気のイメージもかれの精神を崩壊させることはできなかったが、それは細胞活性装置の助けがあったからだ。それがなければ確実に狂気におちいっていたはず。ベオドゥとナイ・レングがどうなったのかが気になった。フン＝クイザルはかれらにもあの狂気のイメージを浴びせたのだろうか？

登り坂のトンネルを進んでいくとはるか前方が明るくなり、滑空する一ナックのシルエットが見えた。思わず速度を落とし、武装したナックにどう対処しようかと考える。だが、トンネルの出口に着くと、ナックの姿はどこにもなかった。

ネット・コンビネーションは床の窪みに置かれていた。ほっとして着用し、今後はなにがあっても脱いだりしないと心に誓う。

「おはよう、《レダ》！」と、ピココンピュータ経由でドリフェル・カプセルに挨拶する。「ゆっくり休めただろう」

「すこし長すぎたようですが」と、《レダ》。その声はかなりちいさかった。ピラミッドをおおう金属が障害になっているせいだ。

「どれくらいいたった？」

「あと数時間で十一月三十日です」

聞きまちがいかと思った。

「たしかなのか？　そんなはずはない。二週間も甲虫に埋もれていたことになる」

「あなたがどこにいたのかはわかりませんが、連絡がないまま二週間が経過したのは事実です。時間がありません。くり返します。あと二時間七分で十一月三十日になります」

「日付を強調しなくてもいい」と、ローダン。「十一月三十日になにが起きるかはわかっている」

あと二時間とすこしで、ハンガイ銀河の第三クオーターがメエコラー宇宙に転移するということ！　惑星フンドロもいっしょに。

ローダンにとっては故郷宇宙への帰還だが、いまはまだその時期ではない。

最初はゲシールやエイレーネや友たちと再会するため、帰還を切望したもの。だが、いまや事情は変わっていた。エスタルトゥのシュプールを見つけ、タルカン宇宙で重要な任務ができたのだ。第三クオーターといっしょにメエコラー宇宙に転移するわけにはいかない。

「たしかに時間がないな。急いでここをはなれなくては」

「この宇宙にとどまるということですか？」

「なんとしても！」

「では、ここから撤退する必要があります。時間がないというだけでなく、ハウリ船がフンドロに接近しています。半時間ほどで到着するでしょう」

「わたしは自由になったが、ベオドゥとナイ・レングの居場所がわからない」と、ローダン。「探さなくては。ナックがたいした妨害をしてこなければ、数分で見つかるだろう。ほんとうに時間がない。われわれがピラミッドを出たらすぐにひろえるよう、近くで待機していてくれ」

「すぐに向かいます。まかせてください」奇蹟の小型宇宙船は、まるで生命体のようにそう答えた。

ローダンはすこし考えてから、床に寝転がった。たちまち甲虫が群がってくる。肉体的に接触すると、かれはアッタヴェンノクのイメージを伝え、いまどこにいるかとたずねた。

フン＝クイザルは長い通廊とドアのイメージを送ってきた。

「これではどこだかわからない」テラナーは嘆息した。「こい、探しにいこう」

起きあがって通廊を進むと、反重力シャフトがあった。そのなかを上昇するあいだも、数千匹の大型甲虫が群れをなしてついてきていた。

何度かピココンピュータでベオドゥかナイ・レングとコンタクトしようとしたが、応答はない。意外には思わなかった。かれらもローダンと同じように、衣服や装備を剝ぎとられていたから。手当たりしだいに探すしか方法はなかった。まずはかれらが二週間にわたって閉じこめられていた居室からだ。

目的の階に着いて反重力シャフトを出ると、いきなり一ナックと出くわした。相手が健康なのかプシ錯乱におちいっているのかわからないので、立ちどまって出方をうかがう。

「トンネルを出て衣服を着用することは認めていない」ナックはそういい、ちいさな腕をのばしてブラスターをかまえた。「われわれは本気だ」

フン＝クイザルの群れがローダンを追いこした。ナックは甲虫の存在に慣れきってまったく注意をはらわず……注意すべきと気づいたときには手遅れだった。

肢の動きが見えないほどのすばやさでナックの横を通り過ぎた甲虫たちがいっせいに反転し、飛びかかる。ナックはなにが起きたのかわからないうちに、大型甲虫の山の下に埋もれていた。

ローダンが急いでわきによった次の瞬間、ナックが発砲した。熱線が何度か反重力シャフトを横切ったが、ほとんど意味はなかった。数匹のフン＝クイザルが傷ついただけだ。

襲いかかったときと同じように突然、きらめく大型甲虫がナックのからだからはなれた。かんたんに殺せただろうが殺してはおらず、外骨格だけを剝ぎとっている。これでナックは無力になった。反重力フィールドで移動することはできるが、それだけだ。

「行こう」ローダンはナックの音声視覚マスクをつまみあげ、遠くに放り投げた。

甲虫が左右に分かれて、あるドアの前までつづく道をつくった。意図は明らかだ。そのドアまで行けといっている。

ローダンはドアを開け、なかに入った。

「ワキアン」ベオドゥの声がした。ゆるいローブのようなものを羽織り、いつものベルトを締めている。「よかった！　殺されたのではないかと思いはじめていた」

「急げ！」ローダンがうながす。「ここから脱出しないと。ナイ・レングはどこだ？」

「数日前に連れていかれた」

「では、急いで探さないと。場所の見当はつくか？」

ベオドゥが不安そうにローダンを見た。

「ワキアン」まるでかれがカルタン人の身に起きたことを知っているはずだといいたげな口調だった。「ナイ・レングは死んだ！」

「たしかなのか？」テラナーが愕然としてたずねる。

「わたしの腕のなかで死んだ。この部屋を出ようとして、ナックに撃たれた」

ローダンはしばらく茫然となった。フン＝クイザルが見せたイメージを思い出す。あれは友の死を教えようとしていたのだ。

「ナックはわれわれをここから出さないつもりだ。逃げようとしたら撃つといわれた」

ローダンはアッタヴェンノクに、《レダ》から聞いた状況をかんたんに説明した。

「だから、ここをはなれなくてはならない」と、結論を告げる。「ほんとうに時間がないんだ」

突然、どこかでサイレンが鳴りだした。

「行くぞ！　なにをぐずぐずしている？」と、ローダン。

ベオドゥは通廊のフン＝クイザルに恐怖の目を向けた。信頼できるとはとても思えないようだ。

「心配するな。かれらは味方だ」ローダンはアッタヴェンノクを引っ張り出した。

「どこに行くんだ？　上か？」と、ベオドゥ。

「それがいちばん早い」ローダンは反重力シャフトに急いだ。だが、数歩手前まできたとき、重い鋼の扉がスライドして行く手をはばんだ。

「これは突破できない」ベオドゥが悲痛な声をあげた。「どうする？」

大型甲虫たちが道をつくって、扉に近いちいさなドアをしめす。ローダンが駆けよって、そのドアを開いた。

「階段がある。行こう！」

ベオドゥが追いついてくるのを待ち、階段を登ろうとする。だが、ここでも扉がいきなりスライドしてきて戸口をふさいだ。

「だめだ、ワキアン！　わたしは恐ろしい」

ローダンの耳にしゅうしゅうという不気味な音がとどいた。

「ガスだ」ベオドゥが叫ぶ。「毒ガスだ」

反重力シャフトの入口わきの壁が爆発した。白熱の炎が噴出し、数十匹のフン＝クイザルが焼け焦《こ》げて通廊に転がる。

「どういうことだ？ 意味がわかるか？」と、アッタヴェンノク。

「そうむずかしいことではない。フン＝クイザルが身を挺《てい》して道をつくってくれたということ」

ローダンは扉を押し開けにかかった。すぐそばには爆発でできた穴がある。ぎざぎざになった穴の縁の金属はまだ白熱していた。焼けたキチン質のにおいが鼻をつく。

「いけそうか？」と、ベオドゥ。

ローダンは扉を押しもどし、なんとか通れるくらいの隙間をつくった。ベオドゥとともに急いでそこをくぐり、反重力シャフトに向かう。七十メートルほど下に数名のナックが見えた。ローダンたちのほうに上昇してくる。

「健康な連中かな？」ベオドゥが不安そうにたずねた。

「そう考えるべきだろう」ローダンは上向きの反重力フィールドに身をまかせた。ベオドゥの手を握り、反重力フィールドが急に消えても抱きよせられるようにする。

《レダ》からコンタクトがあった。

「急いでください。時間がありません」

シミュレーターのある部屋に出ると、数名のナックが装置の前で作業をしていた。プシ錯乱状態の者たちだとひと目でわかる。一ナックがよろめきながら近づいてきた。

「わたしはスララクラです。わかりますか？」

「もちろんだ」ローダンは嘘をついた。「だが、いまはじゃましないでもらいたい。急いでいるのだ」

「待ってください」と、スララクラ。「まず、なにがあったのか説明してください。フン＝クイザルはどうしたんです？　もうわれわれを助けてくれません」

「それが唯一の心配事なら、だいじょうぶだ」ローダンはもっと面倒な事態を想定していたので、ほっとした。「すこし調子が悪いだけだから。数時間ですべてもとどおりになって、またきみたちを助けるようになる」

「たしかですか？」ナックは疑わしげだ。

「たしかだ。まちがいない」ローダンはそういってかれを押しのけ、ベオドゥの先に立って出口に向かった。《レダ》に急《せ》かされるまでもない。武装した健康なナックが近づいてくる声が聞こえてきていた。すぐにも追いつかれるだろう。そうなれば致命的な銃撃は避けられない。

「あなたたちには命を救われました」と、スララクラ。「けっして忘れません。手を貸します」

かれはローダンが気づかなかった、かくされたハッチを開いた。その先はほんの数メートルほどの明るい通廊だ。

「ここから直接外に出られます。急いで。追っ手は容赦しないでしょう」

ローダンとベオドゥは通廊に飛びこんだ。背後でハッチが閉じる。前方でべつのハッチがスライドして開き、暖かい、湿った空気が流れこんできた。雨がはげしくピラミッドの金属表面をたたいている。あたりは真っ暗で、眼下の風景はなにも見えない。ただ、鋭く絞られた光条がドリフェル・カプセルのエアロックの位置をしめしていた。

「あと数分しかありません」《レダ》の声には焦りのようなものさえ感じられた。「ハウリ人に捕まりたくなかったら、すぐに離脱する必要があります」

ローダンはベオドゥをかかえあげ、小型宇宙船のエアロックに飛びこんだ。

「なにをぐずぐずしている？　もう司令室に向かっているぞ」

《レダ》は最大加速で雲を突き抜け、フンドロの成層圏に飛び出した。高速で大気圏に突入するハウリ船が探知スクリーンに大きくうつし出される。

「着陸をもとめられています」《レダ》がおもしろがるように報告した。「当然、無視するということでよろしいですね？」

「そうしなかったら気分を害するところだ」ローダンは一シートに腰をおろした。ベオドゥも疲れきって、隣りのシートにすわりこむ。ここ数日の疲れがはっきりと顔に出ていて、完全に復調するにはそれなりの時間がかかるだろう。

ドリフェル・カプセルは妨害を受けることなく星系外に脱出した。

《レダ》は加速をつづけている。カウントダウンがはじまった。ローダンがクロノメーターに目をやる。うまくいくだろうか。疑念が脳裏をよぎった。ハンガイ銀河の外の虚無空間に出るまでには、まだ膨大な距離をこえなくてはならない。そこまで到達してさらに距離を稼いでようやく、目前に迫った転移に巻きこまれる心配をしなくてよくなるのだ。

耐久性の限界まで加速するよう《レダ》に指示する必要はなかった。ドリフェル・カプセルはさらに速度をあげつづけている。

「うまくいくと思うか、ワキアン？」ベオドゥがたずねた。

「やるしかない。まだ重要な任務がのこっているから」

もう一度クロノメーターに目を向ける。十一月三十日直前の最後の数分が過ぎていく。まだ虚無空間には到達していない。

「転移は何分か遅れるかもしれない」と、アッタヴェンノク。

「そうは思わない。とにかく急がないと」

ローダンの両手がシートの背をつかんだ。もういつ転移がはじまってもおかしくない。

「虚無空間まであとどれくらいだ？」ベオドゥが叫ぶ。

「到達しました」《レダ》が勝ち誇ったように答えた。

その直後、転移が生じた。

ハンガイ銀河の第三クオーターがスクリーンから跡形もなく消え失せる……まるで最初から存在しなかったかのように。

ローダンは何度か大きく息をついた。ほっとしたようにベオドゥを見る。

「やったぞ」

「ぎりぎりだったな」アッタヴェンノクはうめくようにいい、明るい鐘の音のようなものをつけくわえた。

「もう一度スクリーンを見てください」と、《レダ》。

ローダンは驚いて、スクリーンに目を向けた。そこにはまったく予期しない映像がうつっていた。ハンガイ銀河の向こうにあったすべてが、手を触れられそうなほど近くに見えている。

「どういうことだ？　きみのトリックか？」と、ローダン。

「ちがいます」《レダ》が答えた。「あるがままをうつしているだけです。すぐ近くにあるように見えます」

「どうしてこうなったんだ？」と、ベオドゥ。

「この現象の説明はひとつしか考えられません。ハンガイ銀河の第三クオーターは、それ自身の時空ごと転移したのでしょう。それが存在したポジションそのものが、いっさい存在しなくなったということ」

「いっさい存在しなくなった？　時間も空間もか？」と、アッタヴェンノク。

「時間も空間も、なにもかもです」《レダ》が強調する。「時間とともに空間は充塡されるでしょうが、いまのところ観測者からは、ハンガイ銀河の彼方、数万光年の位置にあったものが、ほんの数百光年くらいのところに見えています」

「まだよくわからない」ベオドゥがとまどったようにいう。「理解が追いつかないんだが、たとえば……」

「待ってください！」《レダ》が質問をさえぎった。「プシオン信号を傍受しました。独特の信号です」

「どう独特なんだ？　もうすこしくわしくいってくれ」と、ローダン。

「アンクラム星系で観測した信号に似ています。とりわけ、衛星ドリファアルの周回軌道上の送信機が発したインパルスに」

「なるほど。あのインパルスは特定の方角に向けられたものだったな」と、ローダン。

「そのとおりです。すこし計算が必要です」

「長くかかるのか？」アッタヴェンノクがいら立たしげにたずねる。

「もう終わりました。プシオン・インパルスはちょうどこの方角に向けて発信されたようです」

「発信源がわかるか？」

「もうわかっています。インパルスはハンガイ銀河の主平面の向こうにある一点から発信されています。距離は二十五万光年です」

「そのセクターに向かう」ローダンは決断した。「ただちにスタートしろ!」

ドリフェル・カプセルが加速を再開し、かれはシートに背を預けた。

「これがなにを意味するのか、とても興味深い」ベオドゥはシートから滑り降り、その場で行ったりきたりしはじめた。「まだなにがなんだかわからない。あなたはわかっているのか?」

「いや。ただ、推測はしている」

「どういう推測だ? 考えを聞かせてくれないか、ワキアン?」

「いまにわかる。それまで待て」と、ローダン。ベオドゥはがっかりしてシートにもどった。腰をおろし、頭を垂れ、ほとんどすぐに眠りに落ちる。目ざめたときはもう直前だった。《レダ》は二十五万光年近い距離を翔破し、プシオン信号インパルスが発信されたポイントに接近していた。

「あれはなんだ、ワキアン? 知っていたのか?」

「リング状の物体を探知しました」と、《レダ》。「ハイパーエネルギー製で……細部までドリフェル・ゲートにそっくりです」

「そういうことか」アッタヴェンノクが驚きの声をあげた。

「ドリフェルと同じ、一コスモヌクレオチドだ」と、ローダン。「タルカン宇宙のコスモヌクレオチドということ」

ドリフェル・ゲート

ロベルト・フェルトホフ

登場人物

ペリー・ローダン………………テラナー

ベオドゥ……………………アッタヴェンノク。夢想家

ビルゲロン…………………ジュアタフ・ロボット

ホルン
ボノ }……………………クレド人発祥の惑星の最後の住人

タ・ヘヴェン………………カルタン人。エスタルトゥ陣営の司令官

亡霊を視る者………………ベングエルの指導者

老賢者………………………同長老

アフ＝メテム………………炎の侯爵

プロローグ

めずらしく時間ができたので、過去の経緯と、それが現在にどう関係しているかを整理しておこう。われわれはナコード・アズ・クール、いわゆる〝永遠なる穴〟に入り、この奇妙だが親しみ深い構造物の探査を試みている。〝われわれ〟とは、ずっとわたしに同行している友、ちびのアッタヴェンノクのベオドゥと、特異な個性を持った小型宇宙船《レダ》と、わたし自身だ。

わたしはタルカン宇宙にいるテラナーであり、このヘクサメロンの宇宙では異人だ。故郷への道は光年や銀河では語れず、何日かければ、何百万年かければたどり着けるといったものでもない。そう……わたしをゲシールや友たちと隔てているのは、ストレンジネスという定数だ。ストレンジネスは多元宇宙のなかの一宇宙とべつの宇宙とのあいだの異質さの度合いを決める。ストレンジネスの性質を理解している者はいるか？　すくなくとも、わたしは理解していない。

ただ、これだけはわかっている。知識権限の中枢とともにカンサハリヤの二十二種族は、かれらの住むハンガイ銀河をわたしの故郷宇宙に転移させる方法を発見した。ハンガイ銀河の第一、第二、第三クオーターはすでに転移した。わたしは最後の第四クオーターとともに帰郷するつもりだ。それにはさまざまな困難があるだろうし、ナコード・アズ・クールの調査で得られる知識にもたよることになるはず。

最近の出来ごとを振り返っておこう。

NGZ四四七年九月二十日、われわれは惑星チェオバドをスタートした。そこで炎の侯爵アフ＝メテムと通信でコンタクトし、この存在が、いままさにわれわれが調査している〝永遠なる穴〟で見つかるとわかったから。ただ、当初はシュプールを追うのに苦労した。恒星ファンジの第四惑星フンドロを示唆《しさ》したのはベオドゥの夢だった。重視すべき大陸はひとつだけで、その中心に巨大な銀色のピラミッドを発見。そこには受け入れ専用の、一方通行の転送機が存在した。送り出し部がナコード・アズ・クールにあることはすぐにわかったが、そこにいたる方法がわからない。

その前に、フンドロのナックに対処する必要があった。

そう、世界の英知を集めても予想できなかっただろうが、フンドロにはナックが居住していたのだ。ナックは十五歳になると〝永遠なる穴〟でプシオン能力の試験を受けるが、全員が合格するわけではない。

では、〝永遠なる穴〟とはなんなのか？　最初に予想したとおり、巨大なブラックホールなのか？　いまではその可能性はほぼないと考えている。むしろ……いや、その話はあとにしよう。ナコード・アズ・クールで能力を発揮できなかったナックはプシ錯乱におちいる。これは一種のプシオン性の狂気で、わたしのような人類種族にはたぶん理解できないものだ。そうなったナックは〝永遠なる穴〟からフンドロに転送され、故障したジュアタフ・ロボットと知性のある大型甲虫に世話をされる。われわれにわかったのは、甲虫が患者をプシオン・レベルで〝搾乳〟し、その過程で患者が治癒していくということだった。

プシ錯乱になったナックの話はこれでめでたしめでたし……なのだが、そこには健康なナックもいて、かれらはヘクサメロンの教えを信奉していた。真の脅威はこちらのナックたちだった。かれらは策をめぐらせてわれわれを二週間ほどフンドロに足どめしたが、わたしは原住種族である甲虫の信頼を勝ち得て、自由になることができた。

プシ錯乱ナックをヘクサメロンの手から救い出すチャンスはなく……それどころか、われわれは急いで脱出するしかない状況だった。ベオドゥに次ぐ第二の同行者だったカルタン人のナイ・レングはこの途中で命を落とした。

結局、フンドロにより道して得たものはなく、むしろわたしのような立場の者に、なによりも大きな精神的ショックをもたらしただけだった。集中しなくてはならない。またしても、この背中に大きな責任がのしかかっている。わたしはヘクサメロンの死の教義から逃れるだけでなく、それが故郷宇宙にひろまるのを防がなくてはならない。

　さらに大きなものさえかかっているのかもしれない……じつはハウリ人はすでに二度、わたしの宇宙からタルカンに、逆ルートで星団を転移させていた。物質シーソーを建造し、ハンガイ銀河の各クオーターのかわりの質量を持ちこんだのだ。その結果はどうなる？

　ベオドゥがわたしのもの思いを中断させた。《レダ》が奇妙な物体を発見したのだ。短い計算のあと、われわれはまっすぐその物体に向かった。手がかりだろうか？　可能性はあるが、確実ではない。

　フンドロをあとにしたのは四四七年十一月三十日、ハンガイ銀河の第三クオーター転移まであと数分のときだった。心待ちにしていた転移だ。いっしょに転移すれば、ゲシールやエイレーネや友たちに再会できる……だが、まだタルカン宇宙をはなれるわけにはいかなかった。みずからに課した任務を達成するまでは。帰還の最後のチャンスはハンガイ銀河の第四クオーターが転移するときになる。

《レダ》はまさにぎりぎりでハンガイ銀河の外、転移に巻きこまれない虚無空間に出ることができた。突然、それまで恒星や惑星があったところに巨大な間隙《かんげき》が生じた。ただ星々が消えただけではない。第三クオーターはそれ自体の時空ごと転移していた。またしても人間の理解を超える出来ごとが起きたのだ。時間も空間もない領域がどうして存在できるのか？　わたしにも、ベオドゥにもわからない。《レダ》はなにかを知っているとしても、それを明かそうとはしなかった。

　この無の領域には思わぬ大きな利点があった。

　ハンガイ銀河の彼方にあった虚無空間がいきなり接近してきたのだ。空間がないのだから、距離も存在しない。そのとき《レダ》がある信号を受信し、それが注意を引いた。発信源は二十五万光年ほどはなれていて、われわれはその座標に向かった。

　いま、こうしてそこにいる。

　そこが〝永遠なる穴〟の近くだということはわかるが、実際にはもっと直接的なヒントがあった。五次元放射を発する、リング形の、細部までドリフェル・ゲートそっくりの物体だ。

　ドリフェル・ゲート。これはどういうことだ？

　じつのところ、解釈はひとつしか考えられなかった。故郷宇宙と同じように、タルカンにもすくなくともひとつ、コスモヌクレオチドが存在するということ。この宇宙にもモラルコードがあるのだろうか？　この不可解な物体が自然法則と宇宙的な出来ごとを制御しているのか？

ひとつたしかなのは、〝永遠なる穴〟が最初に考えたようなブラックホールではなく、コスモヌクレオチドだということだった。内部に通じるゲートがあり、《レダ》はそこを安全に通過できるよう設計されている。このタルカン・ヌクレオチドの性質がどんなものであれ、内部に入ってみるつもりだ。わたしの問題の解決には深い理解が不可欠だから。

自殺したいわけではない。生きのびるには慎重さが必要だ。だからこそ、数分前にベオドゥが指摘したように、まず探知を実施している。うまくいけば……幸運にも、それだけで最初の謎は解けるかもしれない。

いまはここまでにしておこう。四四七年十二月四日。

1　ステーション

　そのステーションはナコード・アズ・クールから十光時はなれた宇宙空間に浮かんでいた。厚さ百メートル、直径一キロメートルの円盤型で、緩い格子《こうし》状エレメントと箱型の機能ブロックが付属している。ペリー・ローダンはそれだけわかれば充分だと思った。ステーションは長いことそのポジションに存在しているようだ。格子構造は宇宙塵や流星塵で傷つき、錆《さ》びついているようで、乗員が動かそうとしたら、あちこちの支柱が破砕してしまうだろう。

　円盤の上部プラットフォームには十五段の円形ピラミッドがあった。高さと底面の直径は五百メートルで、転送機の受け入れ部をおさめた惑星フンドロのピラミッドと同じだ。あそこに送り出し部があるにちがいない。

「ピラミッドが見えるか、ワキアン？」ちびのアッタヴェンノク、ベオドゥがいった。

左目は映像を凝視しているが、右目は頭翼の端で不随意に痙攣《けいれん》している。友は映像を見つめたまま、同時にスクリーンを操作しようとしているのか？　それとも、たんに興奮しているだけ？　ローダンにはわからない。自分はアッタヴェンノクの内心を見抜こうとしているのか、と皮肉をこめて考える。

「もちろんだ、ベオドゥ。見えている」

「だったら、わたしがなにを考えているかわかるな？」

「話に割りこませてもらえるなら、手がかりがあります」《レダ》が口をはさんだ。「あのピラミッドがフンドロにあるものとそっくりなのは見てのとおりです。くわえて、センサーのデータを分析した結果、材質も驚くほど似通っていました。結論、両ピラミッドは同じ技術の産物であり、たぶん同じ工場で製造されたものです」

「だったら、なぜかたちがちがうんだ？　一方は四角で、こっちは円形……」と、ベオドゥがたずねる。

「ピラミッドが円形なのはステーションの形状に合わせたせいでしょう。力学的に意味はありませんが、納得できる理由はそれだけです」

ローダンはあまり話を聞いていなかった。ピラミッドの周囲の円盤表面にいくつか、不規則な間隔で配置されている物体がある。

「《レダ》、映像を拡大しろ。ピラミッドの周囲の物体をよく見たい」

映像の範囲が急速にせまくなり、ローダンはプラットフォームに向かって落下しているような錯覚におちいった。映像はすぐに安定し、五隻の小型宇宙船がわかるようになる。形状はそれぞれまったく異なっているが、いくつかの特徴から、ローダンにはその所属がわかった。

「ジュアタフの船だ」

「わたしもそう思う。積載容量のちいさい超小型だな」ベオドゥが口吻《こうふん》の発声器官から流れる、明るい鐘のような音が混じったさえずり声でいった。

「その点は《レダ》と同じだ」ローダンは考えこんだ。「《レダ》の本来の目的はコスモヌクレオチド・ドリフェルの探査だ。ま、見てみよう。向こうの乗員とコンタクトできれば、それがいちばんいい」

《レダ》はすぐにかれの意図を察し、必要な回路を準備して、テラナーにもう話せると合図した。

ローダンはべつの一スクリーンが明るくなるのを待った。最初は一面の白い光だけだったが、すぐに狂ったようなデザインのロボットの姿があらわれる。これまで見たことのない構造のジュアタフ・ロボットだ。そのことに意味はない、とローダンは思った。細部まで同じ構造のジュアタフ・ロボットというのは存在しないから。

「わたしはビルゲロン」ロボットがブリキを鳴らすようなハンゴル語でいった。地球の栗のイガのように棘《とげ》だらけの、ダンベルを直立させた姿だ。棘は明らかに、移動手段と測定装置と防御機構を兼ねている。

「わたしはローダン、こればベオドゥだ」テラナーはそういって、カメラの視界に入ってきたちびのアッタヴェンノクを指しめした。「この船は……」

ジュアタフはかれに最後までいわせなかった。いきなり興奮にわれを忘れ、棘をすべて画面上のローダンのほうに向ける。

「あなたを感じます、イマーゴ、あなたを感じます！　あなたこそ、われわれナコード・アズ・クールの者たちでさえ聞いたことがある、イマーゴです！　こちらの船にきてください、イマーゴ、できるだけ早く」

「そのつもりだ」ローダンにとってはおなじみになりかけている状況だった。イマーゴ中毒のジュアタフ・ロボットにはもうあちこちで出会っている。かれらの忠誠心がたよりにできることはもうわかっていた。だが、この現象の出どころはいまだに判明していない。なぜ多くのベングエルとジュアタフがかれの存在に執着するのか？　なにか原因があるはずで……いつかは見つけ出したいとローダンは思っていた。

「円盤の表面に着陸しろ」と、《レダ》に指示する。「できればピラミッドの近くがいい。エアロックがあるはずだから」

「お望みのままに、ペリー」ドリフェル・カプセルの声は優しいと同時に、すこしつんとした響きが感じられた。《レダ》がローダンとはなれたがっていないように聞こえる。冷静に考えればおかしな話だが、ローダンはもうカプセルの態度を受け入れていた。

《レダ》がゆっくりと円盤の表面に接近する。

ほとんど衝撃もなく、格子構造に支えられた薄い表面に接舷。まるでふたつの物体が一体化したかのようだ。これほど正確な動きは、人間の操縦では不可能だった。

「わたしのエアロックから数メートルのところにある、塔状の構築物に気がつきましたか？」《レダ》がたずねた。「あれがステーション内部への最短経路です。防護スーツが必要です」

これはおもにアッタヴェンノク向けの言葉だった。ローダンはネット・コンビネーションであらゆる環境から守られているから。メタンガス巨星の高圧大気中でも、真空の宇宙空間でも、かれは安全に、なんの障害もなく活動できる。

「用意はいいか、ベオドゥ？」

「万全だ、ワキアン」

両名がいっしょにドリフェル・カプセルを出るとき、《レダ》が「注意してください！」と、声をかけた。ただ、ローダンはこのステーションに危険があるとは思っていなかった。塔状構築物は腐食の進んだ金属プレート製だった。大部分はくすんでいるが、一部は最近交換されたようで、鏡のようにぴかぴかな部分もある。《レダ》をはさんでピラミッドの反対側にエアロックがあった。

　ローダンはこぶしでハッチをたたいた。その合図で充分だったようだ。エアロックの外扉がスライドして開き、かれとちいさな友を招き入れる。すぐに背後でハッチが閉じ……エアロック内に空気が満ちた。

「呼吸可能です、ペリー」ピココンピュータが耳もとのマイクロスピーカーで報告する。「気温も適度。ステーション内の環境は良好です」

「わかった」ローダンは透明ヘルメットを頸の部分に収納した。ベオドゥも同様にする。

　エアロックの内扉が開いた。プラスティック製の長い通廊がのびている。三十メートルほど先までは見通せるが、そこで曲がっているようだ。ジュアタフはローダンと同行するアッタヴェンノクがこの通廊を進むことを期待しているはず。

「行こう」

　エアロックを出るとすぐ、べつのハッチがあった。ステーションの外観から、機能ブロックに通じているはず。司令センターだろうか？　たぶんそうだ、とローダンは思ったが、いまはビルゲロンに会うのが先決だった。情報が必要だから。

　またしても肉体的な接触でハッチが開き、ローダンとベオドゥはなかに入った。そこは一辺が四十メートルほどの立方体の部屋だった。目にうつる家具類はどれも適切に保守されている。外から見たステーションの印象は、ローダンの予想に反して、偽装だったようだ。

「イマーゴ！」

一装置の上からか細い叫びが聞こえた。テラナーはようやく、明滅する二メートル半の影が飛び出してきて、かれの足もとで停止したことに気づいた。ビルゲロンだ！ ジュアタフは逆立った棘を使ってローダンとアッタヴェンノクの周囲を踊りまわり、その人工的な精神活動はなかなかしずまりそうになかった。実際に見るその姿は《レダ》のスクリーンで見たよりも大柄だった。無理もない。映像ではサイズがよくわからないから。

「イマーゴ、あなたがここに！」ビルゲロンが興奮して叫ぶ。「なにがお望みですか？」

　ローダンはちらりと笑みを見せた。ロボットの謎めいたイマーゴ中毒を、自分自身のために調査する好機だ。

「まず第一に、情報がほしい。ナコード・アズ・クールについてなにを知っている？ ナックはそこにどう関わっている？ ピラミッドの意味は？」すでに答えがわかっていることもいくつかあるが、ローダンは情報を二重に確認したかった。

　ビルゲロンが危険なほど接近してきた。興奮のあまり棘だらけの外装のことを忘れていたようで、ローダンにそれとなく指摘され、ようやくすこし距離をとる。

「すべてはごく単純です」すぐさま答えが返ってきた。「ナコード・アズ・クールがなんなのか、わたしは知りません。ただ、ナコード・アズ・クール内で訓練を受ける若いナックが定期的に運ばれてくるので、できるかぎりかれらの世話をします。わたしはおもにそのためにプログラミングされていて、外観もナック好みになっています。とはいえ……」ここで口調が急に沈んだものになる。「数名はかならず落伍します。その場合、わたしやほかの世話係は、ピラミッドにある転送機で落伍者を転送させることになっています」

「そのナックたちはその後どうなる？」答えはわかっていたが、ローダンはそうたずねた。

「知りません。ですが、ひどいあつかいはされていないはずです」

ローダンは肩をすくめてやりすごした。すこしはなれてせっせと家具類を調べているベオドゥの姿を目のすみでとらえる。

「きみのような世話係がほかにもいるといったな」なぜかローダンはビルゲロンが特別ではないかと思った……このジュアタフはマシンでありながら、その恐ろしげな外観にもかかわらず、魂を宿しているように感じる。「ほかの世話係はどこにいる？　きみが世話をしているナックは？」

「数体の仲間がいますが、ステーション内のべつの部屋です。かれらは、イマーゴ、あなたを感じることができず、あなたとは関係ないと……」

「わたしがここにいることに反対しているのか？」

「とんでもない！」ビルゲロンは悲鳴のような声をあげた。同意して、ローダンが逃げ出すようなことになるのを恐れたらしい。実際、そうなっていただろう。「かれらはあなたに興味がありません、イマーゴ。世話をするナックのことしか頭にありませんから。知ってのとおり、ナックはときどきほんとうにどうにもならなくなることがあって、そんなときはジュアタフがかれらを現実につなぎとめるんです」

「いま、このステーションにナックはいるのか？」

「わたしが世話をしている四名だけです。かれらになにかご用ですか？」

ローダンはビルゲロンの口調にいきなり警戒感がくわわったのを感じとった。イマーゴ中毒にも限度はあるらしい……四名のナックの世話に直接関わるあたりに。

「かれらに用はない」ローダンは急いでそういった。「むしろ興味があるのは、ナコード・アズ・クールの内部に関するデータだ。手もとにあるデータをぜんぶ見せてもらいたい」

「データはステーションのコンピュータが保管しています」ビルゲロンが進んで、ただ、不安そうに説明した。「わたしを見捨てたりしませんよね、イマーゴ？　わたしはあなたのものです！」

「きみは担当しているナックのものだ」ローダンがおだやかに指摘する。「データを見せてもらおう」

ジュアタフの人工脳のなかではげしい利益衝突が起きているのがわかった。だが、テラナーは目もくれない。ロボットのいささか疑わしい〝感情生活〟よりも大きなものがかかっているのだ。

ビルゲロンは作業にとりかかった。二本の棘を横の装置ブロックの対応するソケットに挿しこみ、しばらく動かなくなる。

「うまくいきません」その口調はいかにも残念そうで、ローダンはブリキを鳴らすようなハンゴル語の響きに、そのニュアンスをはっきりと感じることができた。「ほかの世話係がデータの出力を遮断しています。あなたの存在に、すこし神経質になっているのです、イマーゴ。あなたがわれわれの仕事に首を突っこむべきではない、と」

「それがわたしの仕事でもあるとしたら？」

「かれらは顧慮《こりょ》しないでしょう」

ローダンは力ずくでデータを奪取することをちらりと考えた。だが、すぐにその考えを放棄する。ステーションはどの程度の防御力をそなえているのか？　かれにもベオドゥにも《レダ》にもわからない。くわえて、ステーションのジュアタフの力がまた必要になるかもしれない。

「残念ながら、ビルゲロン、きみは助けにならないようだ。わたしはステーションをあとにする。きみはここにのこれ。わかったか？」

「どこまでもお伴します、イマーゴ！」

「そういうのではないかと恐れていた。だめだ。ここで待機するよう命じる。たぶんまたステーションにもどってくる」かれはそういうとビルゲロンに背を向け、アッタヴェンノクに声をかけた。「ベオドゥ！　行くぞ！」

ちびのアッタヴェンノクが数歩横を歩きだす。ローダンにはかれがどこからきたのかわからなかった。

「こっちはもうすんだ、ワキアン」どうやらステーション内をくまなく撮影し、見取り図を作成したようだ。

ビルゲロンはプラスティックの通廊が終わるまでかれらのあとをついてきた。待機するそぶりも見られない。ローダンは最初、ジュアタフに義務を思い出させようとしたが、結局あきらめた。明らかにむだだったから。

「イマーゴ！　いっしょに行きます！」

ローダンはネット・コンビネーションの透明なヘルメットを引き出し、ベオドゥとともにエアロックに入った。真空中に出ると、ステーションの上にタルカン宇宙の銀河が光の筋を描いている……十億年後にはもう存在していないはずのものだ。それまでにタルカン宇宙は自然崩壊し、なくなってしまうから。十億年は長い……崩壊を早めたいヘクサメロンにとっては長すぎる。

「イマーゴ！」

ピココンピュータがビルゲロンの言葉を自動的にテレカム経由で伝えてくる。ローダンは一顧だにせず、ベオドゥにつづいてドリフェル・カプセルのエアロックに入り、司令室に向かった。

「もどったぞ、《レダ》」

「わかってます。なにか発見はありましたか？」

「基本的にはなかった。ビルゲロンは〝永遠なる穴〟で訓練を受けるナックの世話係だった。わかったのはそれだけだ」

「わたしが撮影した記録も忘れるな、ワキアン」ベオドゥがちいさな記憶プレートをとり出し、分析スロットに押しこんだ。《レダ》はそれをどうすればいいかわかっている。

「スタートするのか？」

「もちろん」と、ローダン。「《レダ》、ドリフェル・ゲートそっくりの物体にコースをとれ」

「お望みのままに」

カプセルがスタートし、高速でステーションからはなれる。すぐにローダンの目にはぼやけた光点しかうつらなくなった。闇を背景にしてそれがますます判然としなくなり、ついにはまったく見えなくなる。テレカムから聞こえていたビルゲロンの声も消えた。ジュアタフはローダンを引きとめるのをあきらめたようだ。

《レダ》は目的ポジションまでの十光時を一回のジャンプでこなした。ゲートは目に見えない。物質ではなく、四次元時空に投影されたコスモヌクレオチドのリング形プシオン・フィールドだから。ドリフェル・カプセルに積載されたような機器でのみ感知でき、同様の設備をそなえた船でしか通過できない。

「探知しました、ペリー。スクリーンを見てください」《レダ》がいった。

見るとそれはジュアタフ部隊だった。ごく少数で、ステーションのプラットフォーム上に探知した五隻を思わせる。たぶん数名のナックと世話係のロボットを乗せているのだろう。運がよければゲート領域に入るところを観察できるかもしれない。

「見張りながら待機だ。まず、かれらがなにをするか見てみよう」

一時間も待たずにすんだ。ジュアタフ部隊は《レダ》の存在に気づかないまま加速して、リングの重心に向かった。スクリーンで見るかぎり、ドリフェル・ゲートと同じく直径三光分くらいだ。

「突入まであと数秒……」《レダ》が短くカウントダウンし、部隊はいっさいなんのシュプールものこすことなく消え失せた。「なにも測定できませんでした」カプセルが残念そうにいう。「真実を確認したければ危険を冒すしかありません。わたしは確実に、このコスモヌクレオチドの状況に対応できます」

「だったら、迷うことはない！」ベオドゥが特徴的なさえずり声でいった。「どう思う、ワキアン？」

ローダンもぐずぐず迷ってはいなかった。

「突入する！」と、決断。

《レダ》は即座に加速を開始し、同時にローダンとベオドゥが距離を判断できるよう、スクリーン上にゲートの図式化映像を表示した。あと数秒で通過する、とテラナーは考えた。向こう側はどうなっているだろう？

「さらに探知しました」《レダ》がいら立ったように報告する……たしかにじゃまな存在だ。「一ジュアタフ船に追尾されています。探知結果から見て、ステーションにいた小型船の一隻です」

「あの狂ったロボットだ」と、ベオドゥ。

「そうだな」ローダンも同意した。「ビルゲロンが追ってきている。気にすることはない。どこまでついてこられるか、見ものだな」

ゲートの図式化映像はすでにスクリーンいっぱいに大きくなっていた。あと四秒。三、二、一。宇宙がグリーンになった。

2　ナコード・アズ・クール内

ドリフェルとはなにか？

ある者は、それはすべてだという。またある者は、なんでもないという。かれらはドリフェルを理解できず、それについて考えることさえできないから。当然、どちらもまちがっている。かれらは知識を持った注意深い観察者に提示される現実の、それぞれ一面しか見ていない。

ドリフェルはすべてだといったのは、組織の終焉以前、ドリフェルの保護を唯一の生きる目的としていたネットウォーカーたちだ。ドリフェルはなんでもないといったのは、せいぜい一度しかドリフェルという言葉を聞いたことがない、低位の進化段階にとどまっている種族だった。

ドリフェルを理解しようとする者ならば、その中間の道を行かなくてはならない。それでも、たぶん理解にはいたらないだろう。それが可能なのは物質の泉の彼岸にいる高次の勢力くらいのものだ。われわれはせいぜい、いくつかの側面を知ることしかできない。コスモヌクレオチドはわれわれの人生になにをしているのか？　ドリフェルはどこに位置し、どのように機能しているのか？

　こうした疑問のいくつかには理解可能な答えが存在する。クエリオンなら、あるいはネットウォーカーたちでさえ、答えることができるだろう。

　ドリフェルは二重らせんのかたちで宇宙に遍在するモラルコードの一部だ。その影響範囲は五千万光年におよび、そこにはエスタルトゥ銀河、銀河系、アンドロメダ銀河、M‐33ことピンホイールがふくまれる。

　コスモヌクレオチドは自然法則や宇宙的事象、重力定数や光速、あらゆる銀河の消滅を制御している。

　それが能動的側面だ。

　ドリフェルは〝培養器〟ともいえる。人類によるこの表現はなにを意味するか？

それはコスモヌクレオチドの働きをしめしている。コスモヌクレオチドはどれもハイパー空間に存在する巨大な情報プールだ。ドリフェルの内部はプシオン情報量子、ネットウォーカーの用語で〝プシク〟に満たされていて……個々のプシクには宇宙の進化の可能性が内包されている。一プシクは過去でも未来でもありえるし……そのどちらでもないこともある。ただひとつたしかなのは、宇宙の未来がどのようなものだとしても、それはドリフェルのなかにあり、つねに生成と修正をくり返しているということだ。

ドリフェルを理解するのが不可能とわかったはず。

それでも疑問はのこった。コスモヌクレオチドはどこにある？　答えの一部はわかっていた。ハイパー空間だ。ただ、われわれはアブサンタ＝シャド銀河の中心から四十三万光年のところで、ドリフェルの四次元投影像を見ることができるだけだ。

さらにいえば、ハイパー空間は宇宙全体をつつみこんでいるのではないか？　だったら、ドリフェルの投影像はどの宇宙にも存在するのか？　その場合、〝永遠なる穴〟の位置づけはどうなる？

宇宙論は人類の手には負えないという者もいる。

知識をひたすらにもとめるべきだという者もいる。

たしかなことはひとつだけ、われわれがつねに自身の立ち位置を更新しつづけるということだ。生きるとは、毎日あらたな関係性を問いつづけるということ。そこにはドリフェルと人類の関係性もふくまれる。

ドリフェルはすべてだ。

ドリフェルはなんでもない。

どちらも真実なのだ。

＊

ペリー・ローダンは《レダ》と融合して精神体となった。コスモヌクレオチド内で意図的な機動をこなすにはこうするしかないのだが、それがすべてのコスモヌクレオチドで通用するという確証はない。かれの精神はカプセルの操縦装置と心理的に結合した。人間とマシンはできるかぎり無条件で協働しなくてはならない。ハイパー空間の敵対的な条件が立ちはだかるから。

　周囲はどこも蛍光グリーンで、コスモヌクレオチド内部のすべてがその色だ。それを背景に無数のちいさな斑点が動きまわっていた。そのひとつひとつがプシオン情報量子で、可能性としての未来や過去を内包している。プシクはいくつもの不明瞭な線に沿って踊りまわり、あちこちの目的地へと向かっていた。プシク同士は結合したり分離したりして、ときには長短さまざまな鎖を形成する。

　だが、ナコード・アズ・クール内部にこうした連鎖はほとんど見られなかった。あったとしても、一定領域内の可能な未来を内包しているだけだ。そこは知性体の支配領域ではない……ローダンにもそこまではわかった。コスモヌクレオチドは戦争や、接近遭遇や、画期的な出来ごとに関与しない。担当するのは自然法則と宇宙的な出来ごとだ。たとえばプシオン・ネット……あるいは、ハンガイ銀河の転移という未解明の謎。

「ワキアン、もう耐えられない」

　ローダンが横目で見ると、ベオドゥがシートにすわって目をおおっていた。完全に縮みあがっている。だが、ローダンはなにもしてやれなかった。全神経を集中しなくてはならないから。ほんのちょっとしたことで《レダ》の制御は失われ、近くのプシクに衝突して、可能性としての未来か過去に絡めとられてしまう。ドリフェルでは多くのネットウォーカーがこの事故の犠牲になったもの。もどってこられた者はいない。唯一の例外は友のアトランだが、あのときはエイレーネがいっしょだった。

エイレーネ。ローダンはわずかにコスモクラートの血が混じった娘のことをちらりと考えた。どうしているだろう？　だが、本気で考えこむわけにはいかない。うねうねと動く長大なプシクの連鎖が危険なほど近づいてきていた。心理的に《レダ》とつながったかれは、念のためコースを変更した。

「もう長くはもたない、ワキアン」ベオドゥが泣きごとをいう。

「なんとかがんばれ、親愛なる友よ。ここできみの面倒を見ることにしたら、われわれ、死んだも同然だ。バランスを崩すわけにはいかない。そうなったら操縦できなくなる。とにかくきみは目を……」

「そうじゃない！」アッタヴェンノクが反論した。「まったくべつの感覚で、まるで外の斑点がわたしにエネルギーを注《そそ》ぎこんでくるように感じる」

ローダンは返事をしなかった。ベオドゥの苦しみをとりのぞけるなら、よろこんでそうしただろう。だが、その選択肢はなかった。かれはナコード・アズ・クールのグリーンの背景光に文字どおり没入し、色とりどりのプシクの輪舞の一部になったかのように感じようと努力していた。

〈だいじょうぶですか?〉《レダ》が思念でたずねる。

〈もちろんだ〉ローダンも同じように答えた。こういうかたちでコミュニケーションがとれるのはコスモヌクレオチドの内部でだけだ。〈周囲の状況からなにかわかったか? ドリフェルとはどこがちがう?〉

〈決定的な成果はまだありません。ただ、ドリフェルとちがいがあるとは断言はできません〉

　ローダンは軽いショックを受けた。近くのプシク連鎖に近づき、命知らずな機動ですぐそばをかすめる。

〈なんとかうまくかわしてくれ。それと、不確かな推測でわたしを狼狽《ろうばい》させないでもらいたい〉

　ローダンは思わず、カプセルの外は実際にはどうなっているのだろうと考えた。かれと《レダ》は精神的につながっているが、伝えられるイメージは人類の感覚に合わせて〝修正〟されたものだ。四次元通常宇宙の産物であるかれには、五次元の現実を理解することはできない。

〈どうやらわかってきたように……〉と、《レダ》がいいかける。

「ワキアン！」

ベオドゥの叫び声にローダンはたじろぎ、せまいカプセル内に引きもどされた。あぶなくコースの制御を失いそうになり……なんとか立てなおす。コスモヌクレオチド内の危険性があらためて明らかになった。ローダンとしても、自分の経験がドリフェル内だけのものだということを意識せずにはいられない。

「どうした、ベオドゥ？」と、不機嫌にたずねる。

「そこ、後方探知スクリーンに！」

当然ながらベオドゥは、《レダ》と融合したローダンとは感知のしかたがまったくちがう。だが、それはアッタヴェンノクが無意味なことしかいわないという意味ではなかった。実際、ローダンは背後に存在する物体に気づいた。あれはなんだ？　正体がわかるまでに一瞬の間があった。

「小型のジュアタフ船か」と、つぶやく。

「そうだ！」ベオドゥはその瞬間、もう自分の精神的苦痛から注意がそれていた。「あの狂ったロボット、ビルゲロンだ！」

〈ペリー、解決策が……〉

「どうしてビルゲロンがここまで追ってこられる？」ローダンは困惑していた。「だれにもできないはず……」

「ビルゲロンにはできた！」

〈ペリー、話を聞いて……〉

「かれが操縦しているわけではないのかもしれない」ローダンが推測する。「ビルゲロンはかれが世話をしている、ナコード・アズ・クール内で訓練を受けた四名のナックがいるといっていた……それだ！　たぶんかれらが操縦しているんだろう」

　虹色にきらめく、十数個のプシクでできた連鎖をぎりぎりでかわす。

〈回避機動だ。回避しなくては〉

〈聞いていますか？　ナコード・アズ・クール全体を計測していました、ペリー。プシクとプシクのあいだの平均距離、ハイパー物理係数……すべてドリフェルと同じです〉

〈つまり、どういうことだ？〉蛍光グリーンを背景にした色とりどりのまばゆい斑点がますます増えてくる。

〈ナコード・アズ・クールはドリフェルです！　ドリフェルはここ、タルカン宇宙にも存在し、タルカン宇宙とメエコラー宇宙をつないでいます。たぶん多元宇宙の同レベルにあるすべての宇宙をつないでいるのでしょう。その意味はわかるはず〉

〈ああ、わかる……〉

「ワキアン！」

　恐怖に満ちたベオドゥの声に、かれはまたしてもたじろいだ。プシク連鎖はもう目の前で、主スクリーンの九割がまばゆい輝きに満たされ、それがさらに接近してきている。いや、そうではない。そこに向かって落下しているのだ。巨大な輝きに引きよせられるように。

《レダ》の報告を聞いて、一瞬、バランスが崩れた。わかっていてもよかったのだ。ローダンは全力をかたむけて、連鎖の圧倒的な影響圏内からカプセルを引きはなそうとした。だが、引きよせる力はブラックホール並みだ。《レダ》は急カーヴを描いて連鎖のほうに落下していく。

「ビルゲロンがくるぞ、ワキアン！」

ベオドゥの言葉でスクリーンに目をやると、小型ジュアタフ船が《レダ》のコースをなぞっていた。ビルゲロンとナックは《レダ》よりもずっといい角度で連鎖に接近していて、プシクに捕まる恐れはなさそうだ。かれらはなにがしたいのか？

ローダンにはわからなかった。

〈プシクは目の前です、ペリー。接触まで数秒〉

すさまじい衝撃がカプセルを襲った。

〈かれらはわれわれを助けようとしています。なんとか引っ張りあげようとしていますが、うまくいっていません〉

両ドリフェル車輛のコースが一瞬だけ交差した。ローダンは最後にジュアタフの船がちらりと見えたと思ったが、気のせいだったかもしれない。あまりにも遠すぎる。

　かれらは最前から二番めのプシクに突入しようとしていた。色はブルーだ。濃いブルーが背景のグリーンを圧倒している。《レダ》と乗員たちは前後左右に揺さぶられ、深淵へと突っこんでいった。ローダンとベオドゥはハーネスでからだを固定している。ついにはブルーが裂け、渦巻きながら周囲に散乱し、白い斑点が散った黒い残骸だけがのこった。

　真空の宇宙空間のような黒のなかに、遠い恒星のような白い点がいくつも浮かんでいる。

　ローダンは茫然とスクリーンを見つめた。

「いったいぜんたい、ここはどこなんだ？」

*

　そこは一銀河のはずれの虚無空間だった。見えているのは二千億個ほどの恒星が集まった、Ｓｃタイプの渦状銀河だ。そこまでは《レダ》の探知機ですぐにわかったが、それ以上のデータ収集には時間が必要だった。

「精神融合が崩壊しています。だいじょうぶですか、ペリー？」と、《レダ》がたずねた。

「問題ない」ローダンはぶっきらぼうに答えたことを、すぐに恥ずかしく感じた。この事故の責任の一端が《レダ》にあるのは明らかだ。どうして緊張が高まっていたあの状況で、驚愕の情報を伝えてきたのか？　ドリフェルとナコード・アズ・クールは同一の、まったく同じコスモヌクレオチドだ、と。

　ここからいくつか結論が導き出せる。ローダンはそれを心のなかで数えあげた。第一、多数ある多元宇宙に対して、モラルコードはひとつしかない。ドリフェルはその一部だ。第二、タルカン宇宙では、モラルコードは〝シャムシュの連鎖真珠〟と呼ばれている。第三、適切な出口さえ見つかれば、ドリフェル経由で故郷宇宙に帰ることができる。アブサンタ＝シャド銀河の中心から四十三万光年のポジションで通常空間に出るはず。

可能性は三番めがいちばん低そうだった。すんなり帰還できるとは思えない。かれのストレンジネスはすでにタルカンに順応していて……たぶんそのせいで、自動的にタルカン側のドリフェル・ゲートに引きもどされるだろう。

　帰り道が見つかるとするなら……

「どこに着いたのか知る方法はないのか？」ベオドゥがおどおどとたずねる。

「確実なことはいえません」《レダ》がローダンにかわって答えた。「ただ、わたしにはアトランとエイレーネを乗せてドリフェルで遭難したドリフェル・カプセル《ナル》のデータがあります。それによると、ここは実際には宇宙空間ではなく、われわれが衝突したプシクのパラ現実です。可能性としての未来なのか過去なのかは、現在調査中です」

　ローダンはその言葉に反応した。

「つまり、手がかりがあるのか？　あれはわれわれが知っている銀河なのか？」

「わたしは知っていると思いますが、これ以上はあとで」

　ローダンはとりあえずその言葉で満足した。

「ベオドゥ、ドリフェルに飛びこんだときの感覚をおぼえているか？　なにかの〝負荷〟がかかったという……」

「ああ、おぼえている！」ちびのアッタヴェンノクがさえずった。「その感覚は、最初のころほど強くはないが、いまもまだのこっている。エネルギーがわたしのなかを流れ、その圧力をのこしていったみたいに。これがこのままつづいたら、いずれわたしは引き裂かれてしまうだろう」

「物理的な感覚なのか？　《レダ》、ベオドゥになにか異常なエネルギー効果を感知できるか？」

「なにもありません」

　ベオドゥは逡巡《しゅんじゅん》するように頭翼を震わせ、口吻をまるめた。

「たぶん精神的な……プシオン的なものかもしれない」

「いずれにせよ、それがひとつの証拠になる。その感覚があるかぎり、われわれ、ドリフェル内にいるということ」

ローダンは不満げに、目の前に見えるものの実際ははるか遠くにある巨大な銀河の映像を見つめた。どこか見おぼえがあるような気もする。以前、べつの角度から眺めたことがあったのかもしれない。どの銀河だ？　かれはあまりにも多くの銀河を見てきていた。

「データがありました、ペリー」《レダ》がいった。「あれはまちがいなくハンガイ銀河です」

ローダンは目を細め、じっくりと映像を眺めた。

「角度がちがうとはいっても、どこかおかしい……」

「そう感じるのは当然です」《レダ》が皮肉を交えずに応じる。「いま見ているのは二百万年前のハンガイ銀河です。ありえた過去ということ。ただ、これが〝ありえた〟過去なのかという点には疑いがあります。わたしの蓋然性計算によると、このプシクはなんらかの理由から、実際の過去を記録しているようです。これは二百万年前の現実のスナップショットです。このことから、ドリフェルに関してあらたな情報が得られました。たぶんこのプシク連鎖はすべて過去の事象でできていると思われます。宇宙的な出来ごとがドリフェルで〝孵化《ふか》〟すると考えたとき、過去の事象の多くが宇宙的スナップショットとして保存されているのは理に適《かな》っています」

「正直いって、ついていけない」と、ベオドゥ。

「わたしもだ」ローダンもうなずいた。「だが、《レダ》の計算は信用できる。その計算が正しいなら、宇宙的に重大な出来ごとがこのプシクに記録されているわけだ。ここからドリフェル内にもどる方法がわからない以上、見てまわるのが最善だろう？」

「ハンガイ周遊ですか？」と、《レダ》。

「そういうことだ。ただし、充分に用心して。できるだけ多くの場面を見てみたい」

　ローダンとベオドゥは待ち時間のほとんどを休息に当てることにした。ゆっくりとハンガイ銀河外部の星団に接近するよう《レダ》に指示し、司令室のシートを倒して眠りに就く。いろいろなことがありすぎて……このレベルのカタストロフィでさえ、休息を妨げることはできなかった。

*

　ベオドゥが起き出してきたとき、ローダンはすでに一時間も前に目をさましていた。

「夢を見なかった、ワキアン」ちびのアッタヴェンノクがいった。「奇妙だ……いつもほぼかならず夢を見たのに。わたしへの負荷の影響だろう。ナコード・アズ・クールのなかでは夢を見ない。たぶん確実だ」

ローダンはこのあらたな知見をどう評価すればいいのかわからなかった。ベオドゥの夢は、正直にいって、理解するのがいつもむずかしかった。まったくのたわごとに聞こえることもあれば、驚くほど正確なこともある。結局、たとえば、夢のおかげでフンドロにたどり着けたりもしていた。ただ、たいていの場合、アッタヴェンノクは夢のなかでベングエルとジュアタフ・ロボットに出会い、かれらは最後には死んでかれの足もとに倒れている。ベングエルとジュアタフ・ロボットの自死の場面を、ローダンは何度か見ていなかったか？　もちろんだ。

ただ、ある些《さ》細《さい》な一点がちいさな友をつねに悩ませていた。かれは夢のなかで影響を受けず、むしろ幸せを感じている。ベングエルとジュアタフ・ロボットの死を望んでいるかのように。

「このプシクに記録された宇宙的に重大な出来ごととはなんだろう？」ベオドゥがまだ眠そうにたずねた。

「確信はないが」と、ローダン。「いまのところはっきりしているのは、あのハンガイ銀河の重力定数が現在にくらべて著しく大きいことだ。しかもそれは増大しつづけている」

「つまりどういうことだ？」

「決まっている！」ローダンには、なぜベオドゥが自力でこの結論を導き出せないのか、理解できなかった。「ヘクサメロンは二百万年前に、すでに活動を開始していたということ。重力定数の増大はハンガイ銀河の崩壊を劇的に加速させ、〝六の日〟の到来を早めるから」

「補足します」《レダ》がいった。「あなたの説明は部分的なものでしかありません。ハンガイ銀河だけで重力定数が増大しても、なにも起きませんから。表面的な意味しかありません。要するに、〝最後の六日間〟の勢力はドリフェルそのものを操作しているのです。連鎖反応により、コスモヌクレオチドののこりの部分もタルカン宇宙の重力定数の増大に寄与している可能性があります。そうなることでのみ、この宇宙の崩壊がはっきりと早まります」

　ローダンは背筋に悪《お》寒《かん》が走るのを感じた。

　宇宙の崩壊というのは、かれにとってつねに理解が困難なものだった。もちろん、定数の増大がどれだけつづいたかによることはわかる。NGZ四四七年十二月のこの日、数値は本来のものにもどっていた。なぜだ？　だれが介入した？　その答えはたぶんこのプシク連鎖の、べつの部分に存在するだろう。

　旧暦三四四一年の出来ごとを思い出す。迷走した〝大群〟が銀河系にあらわれ、重力定数を増大ではなく低減させたのだ。その結果ほぼすべての銀河系住民が痴呆化し……定数がもとにもどって知性をとりもどせたのは、ようやく三四四三年になってからだった。ここではどんな影響が生じるだろう？

ローダンはすべての記憶を《レダ》に告げ、関連情報を収集するよう指示した。たぶん大群禍のときのような全体的な症状は出ていないだろう。そうだったら、すくなくともベオドゥの反応はちがっていたはず。

翌日、かれらはハンガイ銀河の辺縁部に飛んだ。

「救難信号をいくつか受信しています」と、《レダ》が報告。「ヘクサメロンの補助種族からのものもあります……通信内容からの推測ですが」

「ハウリ人か？」と、ローダン。

「いいえ、ハウリ人からの信号はありません」

「救難信号のどれかひとつを追ってみるべきだろう」と、ベオドゥ。ローダンの見たところまだ完全な状態ではなく、あの奇妙な〝負荷〟感覚に苦しんでいるようだ。「なんらかの情報は得られるはず」

ローダンとしては、まずこの過去から脱出する方法を模索したかった。だが、なんの手がかりもないので、ベオドゥの提案にしたがうことにする。

「近くにいる中立の種族を選ぼう。ヘクサメロンの補助種族を選ぶのは危険が大きすぎる」

「でしたら、一件しかありません。クレドという惑星の住民で、未知の原因で死亡しており、のこりはわずかしかいません。それでいいですか？」

「もちろんだ。助けになれるだろう」

ローダンはそういいながら疑念もおぼえていた。現実の宇宙の住民であるかれらが、ここの出来ごとに介入できるのだろうか？　とにかくやってみるしかない。カタストロフィが起きて以来はじめて、かれは恐怖を感じた。アトランとエイレーネをのぞいて、可能性としての未来や過去から脱出できたネットウォーカーはいないのだ。

だが、かれは二番めの脱出者になる決意だった。

3　クレド

クレドはちいさな赤色恒星の唯一の惑星だった。あらゆる点で太陽系の、過去の火星に酷似している。乾燥していて、砂がちで、気温は氷点前後だ。

「救難信号は赤道付近の送信機からです。たぶん自動送信でしょう。数十年にわたって送信しつづけている可能性もあります」

「文明の徴候はあるか？」

「ごく質素なものなら。多少の農地、少量の高度な合金、遺棄された宇宙港が十カ所ほど。稼働中のエネルギー施設や宇宙船はなく、通信もほぼありません。唯一の例外がこの救難信号です」

「では、送信機の場所に行ってみよう」

《レダ》はわずかにコースを変更し、比較的低速でクレドの周回軌道に乗った。すでにわかっている座標交点で垂直降下。主スクリーンで機動を見ていたローダンの目に、はるか下方の四角い着陸場がうつった。徐々に細部がはっきりしてくる。かつての宇宙港の隣りに、明らかに使われていない、廃材を利用してつくったらしいバラック群が見えた。着陸場自体は離発着がないため、プラスティック製の建造物よりも劣化が遅いようだ。

《レダ》がしずかに着陸する。

ペリー・ローダンとベオドゥは一時間ほど待ってしびれを切らし、下部の人員用ハッチから外に出た。空気はひんやりして心地よく、呼吸にも問題はないのに、カプセルが軌道上から観察した結果では、植物がほとんど見当たらなかった。腐朽の雰囲気が満ちている。どこからともなく物音が耳にとどいたが……それは突風を受けて着陸場の上を舞う砂の音だった。

「バラックを見てみるか？　なにか見つけたいなら、そこがいちばんいいだろう」と、ベオドゥ。

「ああ、そうしよう」

ローダンとベオドゥは歩きだした。距離は二キロメートルほどで、何日もドリフェル・カプセルに閉じこめられていたあとではいい運動だ。両名はこの機会をゆっくりと楽しんだ。長らくそんなチャンスがなかったから。それでも現状は遍在する悪夢のようにテラナーにのしかかっていた。

バラック群はごくちいさな小屋の集まりだった。高さはせいぜい二メートルで、ひろさは五十平方メートル程度だ。入口はちいさく、壁にはあちこちに補修の跡がある。ただ、住民の姿は見当たらなかった。住民がまだ存在するのかどうか、疑問に思えてくる。

その疑問が解消したのは、集落中央の開けた場所に出たときだった。

そこはたぶん中央広場として機能していたのだろうが、いまではなにかに使われているようすはない。ローダンとベオドゥはあらんかぎりの大声で、ありとあらゆるハンガイ語の単語を叫んだが……最初はなにも起きなかった。なにを期待していたんだ、とローダンは思った。ここは現在から二百万年を隔てた過去なのだ。

それでも叫びつづけていると、ベオドゥがかれの腕をつついた。

ローダンははっとして振り向いた。広場のはずれに小柄なヒューマノイドが立っている。肌はグレイで、頭は大きすぎ、四肢は瘦《や》せ細って、発育不良を思わせる。身長は百三十センチメートルくらいで、家屋の大きさに見合っている。二本の腕と二本の脚があり、顔はのっぺりしていて無表情だ。

ローダンはあらためて、知っているかぎりのハンゴル語で話しかけた。だが、なかなかうまくいかない。《レダ》は救難信号の断片的な言葉を分析しただけなので、全体としてどんな言語なのかはわからなかった。

ローダンは広場のまんなかにすわりこんだ。ベオドゥもそれにならう。アッタヴェンノクはそうしながら、呼びかけるようにさらにハンゴル語の単語を口にした。

「ペリー」《レダ》がテレカムで声をかけた。「わたしもピコンピュータ経由で会話に参加します。トランスレーターで語彙を収集すれば、半時間後には通訳が可能になります」

グレイのヒューマノイドは心を決めかねるかのように立ちつくしていたが、やがて急に動きだし、慎重に四メートルほど距離をとって足をとめた。この種族は進化の階梯《かいてい》を登りきってしまったようだとローダンは気づいた。天井に突き当たっている。原始的な機械文明と戦争の段階をへて精神の高みにはいたったが、その目にははっきりと疲労の色が見えた。

それに、わずかな希望も？

気のせいだったかもしれないが。

半時間のあいだ、ローダンとベオドゥと異人はたがいに理解できないまま言葉を交わしつづけた。《レダ》は記録と分析をつづけ、半時間後、トランスレーターを介した最初のコミュニケーションの試みがなされた。それはうまくいき、そこからは徐々に滑らかに会話ができるようになった。

「わたしの名前はホルン」と、ヒューマノイドがいった。

「わたしはローダン、これはベオドゥ」ローダンはそういって、自分の横でおとなしくしている、ホルンよりも小柄なアッタヴェンノクをしめした。「救難信号を受信した。

なにかできることはあるか？」

「救難信号。ああ、そうだ！」ホルンはまず思い出す必要があったようだ。「救難信号がまだ生きていたとは思わなかった。反応したのはきみたちがはじめてだが、手遅れだった」

「そうとはかぎらない」ローダンが反論する。「きみはまだ生きているし、ほかにも生存者はいるはず」

「そのとおりだ。ぜんぶで二十七名がのこっている。クレド人発祥の惑星の、種族最後の生きのこりだ。どこかほかで生きのびている者がいるとも思えない」

二十七名。それがほんとうに種族の最後にのこった人数なら、ホルンの態度も理解できる。ただ、ローダンにはその言葉が真実の半分しか告げていないように思えた。

「種族の死因はなんなんだ？」

返ってきたのは理解しがたい反問だった。

「答えがわからないはずがあるか、ローダン？」

「たぶんわかっているが、きみの口から聞きたい」

「死因はもちろん、重力定数の増大だ。それがはじまったとき、わたしの種族は精神化の一歩手前で、変化に耐えられなかった。肉体は老いさらばえ、若い種族のような適応力はもうなかったから。友の大部分はクレドを去った……のこったのはわれわれだけだ。

どこに行ってもこんな状態なのだろう、ローダン？」

「わたしにはなんともいえない」それは正直な答えだった。結局、かれはタルカン宇宙がどんな空間に存在するのか、このパラ現実のなかで半径五千万光年を超えてひろがっているのか、知らないのだから。「重力定数が通常になるところまで行くには、とてつもない距離を翔破する必要があるだろう」

「だったら、ここで平穏のうちに死ぬことを選んだのは正しかったということ」

「では、なんのための救難信号だ？」

「ああ、あの送信機……」ホルンが思案げに答える。「去っていった友の遺物だ。どこにあるのかも知らない」

「だったら、ここでわれわれにできることはなにもないと思う。きみたちのことは運命にゆだねるしかない」

「そのとおりだ、ローダン。とはいえ、助けようとしてくれたことには感謝する……いったとおり、送信機のスイッチを入れて以来、この世界を来訪したのはきみたちがはじめてだ」

　ローダンとベオドゥは無言で立ちあがった。ホルンは小屋のひとつのなかに姿を消し、ローダンがこっそり周囲を見まわすと、すこし開いた扉の向こうに数名のクレド人の気配が感じられた。たぶんかれらのやりとりを見ていたのだろう。自分にはかれらが理解できないし、救うこともできない、とローダンは認めた。全体として、この邂逅《かいこう》は非現実的な、気の滅入《めい》る感覚をのこした。

これは過去の断片、〝パラ現実〟なのだ。《バジス》のアンブッシュ・サトーならそういうだろう。

「《レダ》からの報告があります」ピコンピュータがいった。

「聞こう！」

「ハロー、ペリー！」カプセルの声が響いた。「なにかが起きているようです。奇妙な五次元フィールドがわたしの外殻のまわりに形成されはじめています」

「どんな性質のものだ？」

「わかりません。ただ、ドリフェル内のプシ流と関係があるようです。いずれにせよ、この惑星の住民がやっているわけではありません」

「防御バリアを展開しろ！　すぐにもどる」と、ローダン。

「そうします、ペリー。急いでください」

ローダンはベオドゥに手早く状況を説明し、ならんで走りだした。アッタヴェンノクは長い脚でテラナーと同じくらい早く走れる。居住地はたちまち背後にちいさくなり、前方に《レダ》をつつみこむちらちらしたきらめきが見えてきた。

そして、あってはならないことが起きた。

カプセルの防御バリアが崩壊したのだ。ただ、爆発もなければ、目に見える損傷もない。《レダ》はあっさりと消滅した。一瞬で着陸場にはなにもなくなり、いきなり生じた真空に空気が流れこむ、乾いた破裂音が反響するばかりだ。

「くそ！　《レダ》を奪われた！」

ローダンは懸命におちつこうとした。周囲を見まわし、地面に沈みこんでなにもかも忘れたいという瞬間的な衝動に抗《あらが》う。最終的に、その視線はクレド人の居住地の上でとまった。ベオドゥがその視線を追っていう。

「ほかにどうしようもないな、ワキアン。もどろう」

「ああ……そうするしかないだろう」

*

「ホルン！　まだ近くにいるか？」ローダンが呼びかけた。

ベオドゥとともにまた広場にすわりこみ、じっと待ちつづける。《レダ》が〝誘拐〟された以上、時間はいくらでもあった。消える前になんといっていた？　クレド人がやっているわけではない、だ。ローダンはよろこんで《レダ》の分析を受け入れた。

数分後、小柄なヒューマノイドが小屋の戸口にあらわれた。べつのクレド人一名がいっしょだ。肌のグレイがやや青みがかっていて、ホルンよりも表情豊かで、歩き方もきびきびしている。ただ、目だけは同じだった。疲労と、ぼんやりした希望が見てとれる。

「これはボノ」ホルンがいった。

「われわれがもどってきたのを見て、驚かないのか？」

「ああ。宇宙船が消えたら、ここにもどってくるしかない」

「きみたちがやったのか？」ローダンが疑わしげにたずねる。さいわい、ピココンピュータがクレド人の言語の基本情報を記録していたので、《レダ》がいなくても意思疎通に問題はなかった。

「われわれではない」ボノが答えた。

「そのとおり」と、ホルン。「それを感じただけだ。きみたちの船が着陸したときから、避けられないことだった。フィールドは徐々に形成され、最後にいっきにエネルギーを放出する」

「だが、なにかがおかしい」と、ボノ。「宇宙船は着陸するはずの場所に着陸しなかった」

　ローダンはしばらく言葉が見つからなかった。まるで《レダ》がこうなることを知っていたようないいぐさだ。現状でも、まだ一抹の希望はあるということか？　なぜかわからないが、かれは自分の直感を若かったころよりも信頼するようになっていた。

「《レダ》はどこに着陸するはずだったんだ？」

ホルンとボノはしばらくためらい、やがてホルンが答えた。

「それは……知らない。なにか理解できないことを感じて、それがわれわれの宇宙論の概念に適合しなかった」

ボノも同意してうなずく。

「取引しよう」と、ローダンがいった。「きみたちは自分の奇妙な能力と《レダ》のいまの居場所をすべて話す。わたしはこの世界独特の宇宙論的な事実を教える。どうだ？」

ホルンとボノは無言でしばらく顔を見合わせていた。両者のあいだでなんらかのコミュニケーションがあったという印象が拭《ぬぐ》えない……グッキーかフェルマー・ロイドがここにいてくれるなら、なんだってするのだが。

「応じるしかない」ようやくホルンがそういった。「いままで知らなかったドリフェルというものを、もう教えてもらったのだから」

ローダンの心臓が喉もとまで迫《せ》りあがった。

「いつそんな話をしたかな？」と、できるかぎり冷静にたずねる。

「日没時まで待て。ほかの友たちに呼びかけるのに、それだけの時間がかかる。そのときまたここで会おう」

ホルンとボノはゆっくりと歩きだし、それぞれの小屋のなかに姿を消した。ほかの小屋を訪れて、友たちと話をするようすはない。だが、ローダンには小屋のなかでなにをしているのか想像がついた。

「どういうことだ、ワキアン？」ベオドゥは謎のプシオン負荷のせいで見るからに疲弊していた。

「日没まで待つだけだ」と、ローダン。

「だが、あなたの態度は明らかに妙だ。それがわかるくらいには長いつき合いだから……」

ローダンはちいさく笑った。

「そのとおりだ、親愛なる友よ。ホルンの言葉をおぼえているか？　いままでドリフェルのことを知らなかったといったろう」

「それがなにか？」

「注意して聞いていればわかったはず。わたしは〝ドリフェル〟という言葉を一度も使っていない。つまりすくなくともホルンには微弱なテレパシー能力があるということ。ほかの者たちもわかったものではない。かれらは《レダ》の消失も感じとっていた……きっとさらに驚くことになるぞ、ベオドゥ、覚悟しておけ！」

*

かれらは日没まで周囲を彷徨《ほうこう》した。寒冷で砂がちな風景が夕陽に染まる。ローダンは小屋の内部を調べたかったが、クレド人の私生活は自分たちに関係ないと、ベオドゥに正論で反対された。

夕闇が迫るなか、かれらは中央広場に向かった。広場のまんなかでちいさな火が焚《た》かれていて、ローダンはどこで燃料を手に入れたのだろうと不思議に思った。無人のバラックのプラスティックかもしれない。どうせ低層構築物のほとんどに居住者はいないのだ。

「ああ、こっちだ！」

声の主はすぐにわかった。ボノだ。力づけるように呼びかけてきている。ちいさな火のまわりには生気を感じない二十七名のクレド人がすわっていた。種族最後の生きのこりたちは新来者になんの関心も持っていないようだ。なんとも非現実的だとローダンは思った。とはいえ、かれはもっと理解しがたいものも見てきている。

ベオドゥはためらいなくクレド人のあいだに場所を占めた。ローダンもその例にならったが、やや気後れしたのは否めない。たぶん状況を真に理解できていないせいだろう。

「では、はじめよう」ボノがいった。その声に炎が爆《は》ぜる柔らかな音が混じる。「われわれ、説明の手順を慎重に考察した、ローダン。そしていたった結論は、先にきみから話を聞くというものだった。それによって、こちらがなにを話せばいいかわかるから」

「なにを提供するかも」と、ホルン。

提供とは。たしかにそのとおりだとローダンは思った。《レダ》がすぐに自力でもどってくることはないだろうが、べつの可能性が存在するのは明らかだ。

「いいだろう。べつの宇宙の、長い話になる。人類と超越知性体の話に……ヘクサメロンと呼ばれる勢力がタルカン宇宙で活動していて、その目的はタルカンをできるだけ早く崩壊させることだ。ヘクサメロンはそのために重力定数を増大させた。そうすることでタルカンの崩壊が早まるし、重力の増大で絶滅をうながすのも計画のうちだった。いや、きみたちの考えはわかるが、そうではない。わたしはあえて過去形で話している」

クレド人のあいだにちいさな興奮がひろがった。全員がテレパシーでかれの考えを読めるのかどうかは不明だが、たぶん読めるのではないかと思えた。かれは数世紀前にメンタル安定化処置を受けているのだが。

「宇宙全体の重力定数を増大させるのはかんたんではない。だが、ヘクサメロンはその方法を見つけた。ハイパー空間にはコスモヌクレオチドと呼ばれるものがあり、その支配圏内にあるさまざまな自然定数を操作することができる。自然定数とは光の速度やプシオン・ネットの強度などで、重力定数もそのひとつだ。きみたちやわれわれの領域を制御しているコスモヌクレオチドはドリフェルと呼ばれる。ドリフェルはタルカン宇宙にも、われわれの故郷宇宙にも存在する。

へクサメロンはこのコスモヌクレオチドの操作に成功し、連鎖反応でほかでも影響が生じ、その結果がいまのこの状況ということ。ドリフェルについて、もっと知りたいか？」

ローダンは周囲を見わたし、聴衆の心をつかんだのを確信した。意外にも、感情を表に出さないクレド人たちののっぺりした顔に、多少の感情があらわれている。

「ドリフェルのなかでは影響領域内の可能性としての未来が孵化する。コスモヌクレオチド内には定義不能な物体が存在し、われわれはそれをプシオン情報量子、略してプシクと呼んでいる。各プシクには可能性としての未来が内包されている。その挙動とほかのプシクとの接触で、ドリフェルの領域内で実際に生じる未来が決定される……すくなくとも、われわれはプロセスをそのように理解している。

ただ、ドリフェルのプシクに内包されているのは、可能性としての未来だけではない。過去を内包したプシクも存在する。

われわれはドリフェル内を航行していて、そんな過去プシクのひとつに衝突した。そしてここに、わたしの時代の二百万年前のハンガイ銀河に出くわした。自分たちの状況が理解できたか？　きみたちがだれなのかは知らない。ほんとうに生きているのか、そうではないのかも」

しばらくは完全な沈黙がつづいた。ときおり息使いの音と、柔らかな炎の音がするばかりだ。やがてホルンが口を開いた。

「われわれは生きている、ローダン。きみのいう過去プシクの内部というのは理解できないが、われわれが生きているのは、きみがここで生きているのと同じことだ。最初はきみが嘘をついているか、なにか誤解しているのだろうと思った。だが、そうではないようだ。だからここで、われわれが達成すべき二重の目的を設定したい。第一、きみたちに手を貸そう、異人よ。ドリフェル内部にもどれるように。ただし、第二の目的もある。われわれ、現実平面に到達したい。だからきみたちに同行する」

最初、ローダンはクレド人が精神に異常をきたしたのかと思った。だが、ホルンの言葉が大言壮語でもなんでもないことがわかる。なにか奥の手をかくしているようだ。なんらかの……

「わたしの船をとりもどせたとしても、二十九名も収容するだけの場所はない。カプセルがなければ、ドリフェル内を航行するのは不可能だ」

「それはわかっている」

「わかった上での計画なのか？」

「もちろんだ！」ボノが熱心に答えた。「唯一の問題はわれわれのメンタリティだ。われわれ、数世紀にわたって死を待ちつづけるだけだった。死を待ち焦《こ》がれるあまり、そこに平安を見出すほどに。だが、いま、あらたな希望が訪れた。この点を理解して、ローダン、きみのカプセルと話をさせてもらいたい」

「わたしが説明しよう」ローダンが名前を知らない一クレド人が口を開いた。目を惑わせる火明かりのなかで、その顔はふっくらと、青ざめて見えた。「きみの船は《レダ》というんだな？」ローダンの返事を待たずに先をつづける。「きみが最初にこの広場を訪れたとき、ホルンとボノはカプセルのなかに奇妙なエネルギー放出を感じた。あの時点で、もう《レダ》のなかには入れなかったはず。船が消えたのは、それをはっきりしめすためだった。ボノとホルンはその影響力の出所《しゅつしょ》がわからなかった……数分前まで。いまはわかっている。ドリフェルの内部空間からの介入だ」

「ありえない」ローダンは即座に反論した。「内部空間からプシクに影響をあたえることは、だれにもできない」

「できるのだ。ただ、このくわだては失敗した。《レダ》は内部空間に転送されるはずだったが、非物質化して、この過去ゾーンのべつの場所に移動した」

「その場所がわかるのか？」

「ああ、わかっている。ドリフェルの内部空間からくるものすべてと、ハンガイ銀河外の位置とのあいだには、一定の関係がある。《レダ》を転送させたエネルギーが内部空間に属することは、まず疑問の余地がない。わかっているポジションはハンガイ銀河から十三万光年の位置だ。当然、そこにあるのはドリフェル、もっと正確にいうなら、このプシクにおけるドリフェルのイメージということになる」

＊

ローダンは雷に打たれたかのように、しばらくその場にすわりこんでいた。

そこまでは考えていなかった。この過去プシクのなかの情景はどこまで現実的なのか？ 現実を百パーセント反映しているのか？ そうだとしたら、ドリフェルのイメージが存在してはいけないはずがない！ 微小宇宙の入れ子問題に、テラナーは目眩《めまい》をおぼえた。大きいものがちいさいものを反映する……
どこかに限度はあるはずだ。どれほど真に迫っていても、鏡像は鏡像だから。

ローダンは気をしずめた。

「それ以外のことはどうしてわかったんだ？」

「きみもわれわれの特異性に多少気づいているようだが」と、ホルンが説明をはじめる。

「クレド人は古く疲れた種族で、いったとおり、精神化への途上にあった。重力定数の増大は、そんなわれわれにふたつの影響をもたらした。肉体を衰弱させると同時に、精神の分離を促進したのだ。ここに二十七名のクレド人がいるのが見えるだろう、ローダン。だが、それはそう見えるだけで、実際には一万二千名以上が二十七の肉体に宿っている。

一体につき四百五十名だ。
これらの肉体には驚くべき能力が発現した。きみももう気づいているのでは？　そしてきょうという日には、のこった二十七名のうち二十六名が死ぬことになっている。われわれはひとりになり、きみとともに《レダ》が抑留されている場所に向かう」

ローダンは反対しようとしたが……そうするだけの力が出てこなかった。基本的に、ホルンの情報を精神的に処理しきれないのだ。

「きみにできることはない。よろこぶがいい、ローダン。これはたぶん、われわれ全員にとっての救済となる」

ローダンがなにかしようにも、すでに手遅れだった。消えかけた炎の明かりが集まったクレド人たちを、肉体のないプロジェクションのように見せている。死にかけているのだ、とかれは思った。まず手足が消えはじめ、頭と胴体がそれにつづく。一時間ほどで、種族の最後のひとりをのこしてすべてが終わっていた。ただ、これは通常の意味での死なのだろうか？　むしろ〝集中化〟といったほうがふさわしいのではないか？

のこったのはボノだった。ローダンの理解が正しければ、このクレド人の肉体に一万二千名以上の意識と、かれらの特殊能力が宿っているはず。

「そのとおりだ、ペリー・ローダン」

ボノがかれの心を読んで答えた。おかしなことではない。ローダンの前にいるのはもう一個人ではなく、理解しがたい存在なのだから。

「時間をむだにしたくない。きみの友のベオドゥは気を失っている。かれにかかっている負荷は、わたしが多少和らげることができる。ドリフェルからの負荷だ」

ローダンは同行しているアッタヴェンノクがすこしぐったりしていることにはじめて気づいた。ボノの最後の言葉と同時に友は目をさまし、飛び起きて、驚いたように周囲を見まわした。ローダンはこの間の出来ごとを簡潔に説明し、問うような視線をボノに向けてたずねた。

「準備はいいか?」

クレド人は返事のかわりにかれらの手をとった。ローダンは不思議に思った。ふつうの生命体の感触だったから。だが、そんな思いはすぐに消える。ボノの精神がいきなり宇宙全体に満ちたようだった。

〈ジャンプしろ!〉なにかが叫んだ。〈ジャンプだ!〉

ローダンにわかったのは、叫んだのが自分ではないということだけだった。

4　過去の世界

転送の過程はどことなくテレポーテーションのジャンプに似ていて、転送痛はなかった。それでもボノが自分自身と同行者二名を非物質化したのはまちがいない。

「起きろ、ペリー・ローダン」

現実にもどるのはなかなか困難だった。声がしつこく、抵抗できなくなったのもあるが、それ以上にジャンプの結果に対する好奇心が大きかった。ローダンは慎重に目を開いた。技術装置の詰まったせまい司令室に三名……

《レダ》のなかだ。

「ハロー、ペリー！　おかえりなさい。だれを連れてきたんです？」

「友のボノだ。だが、いまはそれ以上に、きみになにがあったのかに興味津々《きょうみしんしん》だ」床から起きあがり、操縦席に腰をおろす。ベオドゥが隣りのシートにすわり、ボノは背後に立ったままだった。

「過程を見通せていないので、報告できることはありません。惑星クレドに着陸後、船体のまわりに構造を分析できない、一種のエネルギー・フィールドが形成されました。あなたにメッセージを送ったときは、明らかに手遅れでした。防御バリアを展開しましたが、エネルギー・フィールドによって転送されてしまいました。ただ、転送フィールドの目的地はべつにあったようです。転送後、なにも起きませんでしたから。たぶん防御バリアの影響でしょう。推進システムがいくつか損傷したため、いまは修理が完了するのを待っています」

ローダンはちらりとボノに目を向けた。青白い無表情な顔に、とくに変化は見られない。ただ、その目の表情はこういっていた。〈わたしを信じろ〉

「《レダ》、現在ポジションはわかるか？」

「いい質問です、ペリー。もうわかっているのでは？　ナコード・アズ・クール、あるいはドリフェル、どちらでもかまいませんが、そこから半光年の位置です。どうしてそうなったのかは、わたしに訊かないでください」

「訊く必要はない。知っているから」

「どうやって？　失礼、好奇心がおさえきれなくて……あらたな同行者と関係があるのですか？」

「そういうことだ、《レダ》。ボノの肉体には一万二千名以上の精神が宿っていて、わたしも知らない驚くべき能力を有している。転送の目的地はずれたが、きみにはある種の〝負荷〟がかかっていた。このプシク内に実体化したのも、ドリフェルの内部空間のエネルギーが関係している」

「ドリフェルのイメージですね」カプセルが指摘した。

「そのとおり。いまわれわれに必要なのは、この過去プシクからの脱出だ」そういいながらボノを見る。独力での脱出は不可能だろう。一瞬、無力感をおぼえたが、これまで何度か困難の原因となってきたそれを押し返す。

「方法はある、ローダン」ボノがいった。「〝方法〟という言葉は違うかもしれないな。〝可能性〟というべきか。わたしが考えている行動をとれば、なにかまったく予期しないことが起きるはず。そのせいで死ぬかもしれないが」

「話はもういい！」ちびのアッタヴェンノクがさえずった。シートにすわっていて、多少は元気が出たようだ。

「探知スクリーンにははっきりと、リング形の物体がうつっている。現実ではドリフェル・ゲートと呼ばれるものの同等物だ、ペリー・ローダン。だが、大きかろうとちいさかろうとゲートはゲートで、その向こうにはドリフェルの内部空間が存在する。この世界からの唯一の出口だ」

「理論的にはそうだな」最初の驚きを克服したローダンがいう。

「やってみるしかない」ボノの相《あ》いかわらず無表情な顔に、決意のようなものが見てとれた。

「《レダ》？　きみの考えは？　修理は進んでいるか？」

「もちろん、やってみることはできます」カプセルの声はいつもどおりおだやかだ。

「推進システムの修理は進行中ですが、長距離移動でなければ問題ありません」

「だったら、待つ必要はないな。コースをドリフェル・ゲートに」

　探知スクリーンにはリング形のプシオン・フィールドがうつっている。直径三光分のそれがコスモヌクレオチドの入口だ。リングはすぐに画面全体を占めるようになり、やがて通過の瞬間が訪れた。宇宙が消失する。

　周囲全体が蛍光グリーンの光につつまれた。その光を背景に、さまざまな色合いのプシクがダンスをしているのがはっきりとわかる。

　ドリフェルの内部空間だ。

　うまくいったようだった。

＊

　ローダンは時間問題をいちばん心配していた。ほかのだれも、ボノでさえ、プシク内での時間経過についてはなにもいっていない。通常、ドリフェルの内部空間にはさまざまな時間線が存在する。過去、ネットウォーカーはそのために危険なほどもどるのが遅れることもあった。いまは安全のための処置がなにもない状態だ。

たぶん〝外〟はいまも四四七年のままだろうが、そうではない可能性もある……ローダンはあらゆる事態を想定していた。

かれらは《レダ》が最初におちいったのと同じプシクの連鎖のなかにいる。すくなくともドリフェル・カプセルは同じだと主張していて、ローダンの感覚でもそのとおりだった。このグリーンに輝く理解しがたい空間にはじめて突っこんで以来、かれと《レダ》のあいだの精神的なコンタクトは復活していた。

〈ボノと話をしました〉と、《レダ》がほかの者たちに聞こえないよう、ローダンにだけ伝えてきた。

〈どうやって?〉と、ローダン。

〈あなたの場合と同じですよ、ペリー。ボノは非常に興味深い存在です。わたしたちに感謝していて、計算を手伝ってくれました。わたしだけでは、クエリオン技術があっても不可能だったでしょう〉

〈それで、結果は?〉

〈このプシク連鎖に関係があります。あらゆる点から、ほかのプシクもそれぞれ宇宙的に重要な、とりわけ、ハンガイ銀河に関わりのある事象を内包していることがしめされました〉

〈連鎖全体が、〝ドリフェルの歴史〟のようなものを内包しているのか？〉

〈そういっていいでしょう。周囲のプシクがはげしく踊りまわっているのがわかるはず。興味深いのは、われわれがいるこの鎖のエレメントはずっと、孵化プロセスに参加していない点です。われわれが安定定数になっている可能性があります〉

ローダンは熱心に考えこんだが、その間も操縦はおろそかにしない。前回プシクに落下することになったようなミスは二度とおかさないつもりだ。ドリフェルの歴史……どうすればうまく利用できるだろう？　一度めは不幸中のさいわいに恵まれたが……二度めもうまくいく保証はない。

二度め？　結局またミスをおかすと思っているのか？　ローダンは思い惑うようにかぶりを振り、色とりどりのプシクが踊りまわるようすを眺めた。赤いプシクが黄色いのに接触し、ブルーのプシクがいくつか、ほぼ純白の鎖からはなれて、すぐにまたくっつく。動きがないのは《レダ》に隣接する鎖だけだ。計算が正しいなら、各プシクにはハンガイ銀河の過去が内包されているはず。重力定数の増大からヘクサメロンまで……だったら、どこまで遡《さかのぼ》れる？　エスタルトゥの介入も記録されているのか？　だとしたら、これは絶好の機会といえる。

〈結論は出ましたか、ペリー？〉

〈ああ、出た。あの個々のプシクがハンガイ銀河の過去のイメージを内包していると仮定しよう。タルカン宇宙のほかの部分のイメージもあるだろうが、それはわれわれの問題ではない。重要なのは、ハンガイ銀河の近くなら、ドリフェル・ゲートの向こうからいつでも内部空間にもどれるということだ。さらにより道させられるリスクは最小限になる。すくなくとも、可能性としては最小限だ〉

〈わたしたちの問題というのは、エスタルトゥですか？〉

〈もちろん、エスタルトゥだ！　タルカン宇宙にきて以来、ずっとその超越知性体を探しつづけている。千載一遇のこの機会は逃せない。こんな過去プシクには二度と遭遇できないだろう〉

ローダンは左手をのばし、ベオドゥの肩を揺すった。

ちびのアッタヴェンノクは疲れきって眠っている。そんなかれをふたたびプシオン負荷にさらすのは、ローダンとしても心苦しかった。

「ベオドゥ、起きてくれ」と、しずかに声をかける。

「どうした？」

二脚のシートのうしろに立ったボノも耳をそばだてている。ローダンが計画を説明すると、クレド人の顔にほとんどわからない程度の笑みが浮かんだ。

「よろこんで同行しよう」と、ボノ。

「きみもいいな、ベオドゥ？」ローダンが確認する。

「なにができるかわからないが」ちいさな友のさえずり声には運命を受け入れる響きがあった。「あなたが望むなら、ワキアン、なんでもやってみよう」

ローダンは満足げにうなずいた。

〈聞いたな、《レダ》。行くぞ！〉

全員そろって、カプセルで連鎖上の手近なプシクに向かう。なにもかも最初のときと同じだった。ただ、選んだプシクはブルーではなく、まばゆい黄色に輝いて、まるで恒星の爆発のように背景のグリーンを押しのけていた。震動が《レダ》のキャビンを襲ったが、ローダンとベオドゥはハーネスで固定されている。ボノは柱のようにどっしりと動かなかった。

恒星が砕ける。

それが終わると、《レダ》はちいさな星団のなかにいた。近くにあるブルーの巨星が主スクリーンをおおいつくしている。

「正しい場所に出たことを期待しよう」と、ベオドゥ。

「そうだな。わたしも不安だ」ローダンがいった。

*

「まず、この星団からはなれる必要がある。ここで新しい情報が得られないのは確実だから」

ローダンと《レダ》のあいだの精神リンクはプシク内では機能しないが、とくに問題はなかった。カプセルはどのみち、通常空間では自力で最適な機動を実行するから。かつては中程度の高層建築並みの大きさがあるポジトロニクスが必要だったし……人間の操縦士も欠かすことができなかった。いまはもう、そうではない。ローダンはそのことに感謝した。注意をよそに振り向ける必要がなくなったから。

《レダ》が超光速航行にうつる。十五分後、かれらは星団をはなれ、もっとしずかな宙域に出現した。

「このパラ現実に長くとどまることは勧められない」と、ボノ。

ローダンはクレド人の突然の言葉にとまどいをおぼえた。

「どういう意味だ？　危険が迫っているのか？」

「確実にいえることはほとんどないが、ここにとどまるべきではないと感じる」

「感じるだけでは、いますぐここから逃げ出す根拠にならない。《レダ》、探知機でなにかわかるか？」

「まだ確認中です、ペリー。ここはハンガイ銀河ではあるものの、数百万年前の過去らしく、エスタルトゥの運命に関する情報は得られないでしょう」

「宇宙的な重大事象はなにがあったんだ？」

「半時間ほどまってください、ペリー」

《レダ》による状況の評価が終わるのを待つあいだに、ローダンとボノはいっしょにベオドゥのようすを見た。このプシクでもプシオン・エネルギーの負荷はかかりつづけていて、楽にはなっていないようだ。なぜボノがなにもできないのか、ローダンには不思議だった。かれのような存在にもはっきりした限界があるようだ。

「結果が出ました」《レダ》がいった。

即座にすべての関心が合成音声に向く。

「この時点のハンガイ銀河はふたつに分裂しています。片方には宇宙航行文明がほとんど存在せず、もう片方には驚くほど多様な種族がいます。通信を傍受して解読した結果ですが、言語が不明なので内容はわかりません。時間的にはかなりの過去で、宇宙的な重大事象はこのときも、なんらかのカタストロフィのようです。無人の部分が拡大していて、境界線近くの住民は逃げ出しています。惑星の全住民が移動しているんです」

「ここから境界線までの距離はどれくらいだ？」ボノがたずねた。

「七光年ほどしかありません。すぐそこです」

「では、ボノの言葉にしたがおう」ローダンはそういって、司令室のすみに立ったままのクレド人を横目で見やった。「境界線にはばまれる前に、ドリフェル・ゲートに向かう」

《レダ》の計算も完璧ではなく、未知の危険を避けるため、途中何度も大きく迂回する必要があった。エスタルトゥの運命に関する情報が期待できない以上……よけいなリスクを冒す意味はない。

このプシクにもドリフェル・ゲートは存在した。

ほぼいつもどおりに転移して、グリーンにきらめくコスモヌクレオチド内ですぐに次のプシクを選択する。三つめのプシクはふたつめよりもさらに期待薄だった。逆にいえば、それだけ危険もすくない。利点ではあるが、ローダンにとってはいら立たしかった。時間をむだにしている余裕はない。ドリフェルのなかで、過去はどういう基準にしたがって保存されているのだ？　すぐに五万五千年前の過去のプシクにたどり着くことはできないのか？

四つめは最悪だった。四十万年前で、宇宙的な重大事があるわけでもない。ただ、重力定数は二百万年前に操作されて高くなった値《あた》いのままだった。

「どういうことだ？」ローダンが《レダ》にたずねた。「四回やってみて、宇宙的な重大事象があったのは二回だけというのは？」

「仮説があります、ペリー」

「聞こう！」

「プシクへの接近方法に関係がありそうです。いままでは突入の位置と速度をランダムに決めていました。狙いを定めてプシクに突入するには、たぶん特定の位置と速度が必要なのでしょう」

「プシクの外観からなにかわからないか？」

「無理です」

「だったら、突入軌道の計算は無意味だ。偶然にたよるしかない」

ローダンの思いははるか昔、世代船《ソル》で地球に向かっていたころへとさまよっていった。あのときのようにセタンマルクトとセネカがあって、数名のケロスカーがここにいれば、狙いを定めてプシクに突入できるよう、支援が期待できただろう。

そんな思いを頭から振りはらう。

もう一度だ。ローダンは突入機動中からすでに、こんどはうまくいきそうだと感じていた。数秒後、スクリーンを見つめていると、ハンガイ銀河があらたな角度で表示された……

5

ゼレンガア

「約五万五千年前です」《レダ》が報告した。「やりました。エスタルトゥはこのころタルカン宇宙にやってきたはず。ただ、ヘクサメロンとの戦いの真っ最中かもしれません。いずれにせよ、重力定数はほぼ通常にもどっていて、低減傾向です。充分に警戒して接近すべきでしょう」

「当然だな」

「唯一の問題は最適な観察ポジションの確保だろう」ベオドゥがしばらくぶりに口を開いた。「いつ、どこで、なにが起きるか、われわれは知らないから」

「そのために手がかりを探しているんだ、親愛なる友よ。《レダ》でハンガイ銀河の目立つポジションを次々にめぐり、時間をかけて調べられればいちばんいい。それで最初の手がかりが得られるはず」

短い議論のあと、ペリー・ローダンの提案を実行にうつすことになった。

最初の傍受ポジションは、現実ではまだ転移していない、最後の第四クオーターを選んだ。数時間待っても《レダ》の探知機に反応はなかったが、そのあとローダンはいっきに注意を引きつけられた。かれはシートのなかで身を乗り出し、誤解しようのない悲惨なデータに目を凝《こ》らした。ほんの数光年のところで宇宙戦が勃発したのだ。もちろん……そういう種類の情報を期待していたのはたしかだ。だが、実際にそうなってみると、よろこぶことなどできなかった。

「どっちがどっちの陣営かわかるか？」

「いいえ」《レダ》が残念そうに答える。「遠すぎます、ペリー」

「では、慎重に接近しよう」

《レダ》は超光速航程をいくつかに分割してコースを設定した。通常空間に出るたびに探知結果をチェックし、方向を確認する。戦闘がはげしくなってくると、ローダンは危険を冒して五光時のポジションに観察ポイントを設けた。

　黄色いソル型恒星のコロナのなかだ。

　敵対する両陣営は異なる陣形をとっていた。ローダンの長い経験からわかるのは、どちらの艦隊も決定的な瞬間に向けて息を詰めていることだった。見おぼえのあるタイプの艦はひとつもない。

「なにか手がかりはあるか、《レダ》？　これはエスタルトゥとヘクサメロンの戦いなのか？」

「たぶんそうですが……ちがうかもしれません。いえ、ペリー、正確なことはいえません。いずれにせよ、ここであらたな知見は得られないでしょう」

「そうだな」スクリーン上の一方の艦隊が前進を開始。最終的に、のこるのは残骸と死体と、希望を失った生存者だけになる。「最後まで見とどける必要はない。ここからはなれよう」

ドリフェル・カプセルが次の超光速航程に遷移する。かれらはハンガイ銀河の第四クオーター内で銀河中心部をめざした。通常空間にもどるたび、《レダ》はできるかぎり通信を傍受して解読したが、エスタルトゥに関する直接の言及はない。ただ一点、疑いようのない事実があった。ハンガイ銀河は大混乱のなかにある。

「コース変更」そういったあと閃《ひらめ》いた。「ウシャアル星系に向かえ。あそこなら通信傍受にもってこいだ」

「星系内まで進出しますか？」と、《レダ》。

「もちろんだめだ！　いちばん近い恒星まで行けば充分だろう」

またしてもしばらくのあいだ、ローダンとベオドゥとボノはなにもすることがないまま司令室にとどまることになった。時間がきて、通常空間にもどる。赤い恒星から二光分の距離だ。《レダ》はすぐにコロナのなかに入った。そうすれば偶然探知される危険はなく、必要な通信を傍受できる。

「おみごとです、ペリー！　ウシャアル星系でなにか起きているようです」

「映像を見せてくれ」

すぐにウシャアル星系の六十二個の惑星とその軌道が表示された。中央にある色つきのふたつの点はソルの百七十二倍の直径がある赤色巨星ウシャと、ずっとちいさい白色の恒星アルをしめしている。

星系の外にはふたつのべつべつの色がついた物質の雲があった。

「星系外のものはなにをしめしているんだ？」と、ローダンがたずねる。まったく未知の相手に出くわすのは望ましくない。ハウリ人が五万隻以上からなる大艦隊を有しているのだろうか？

「グリーンでしめしたのはウシャアル星系に進出しようとしている宇宙船群で、カルタン人の船です」

カルタン人！

結局、より道にも意味があったということ。

「もうひとつの、赤でしめしたほうの部隊は？」

「多数の部隊が存在します。ほとんどは遠すぎて、遠隔探知しかできません。ヘクサメロンの艦隊です。破滅の支配者は数百万隻の戦闘艦を集めています。いま見えているのは一万隻を超えるハウリ艦隊です」

「われわれ、ハチの巣のまんなかに突っこんだわけか。なにが起きているにせよ、ヘクサメロンとエスタルトゥの争いに関係しているのはまちがいない」

「ほかにも証拠があります、ペリー」《レダ》が映像のべつの場所を、こんどはブルーとオレンジで色分けした。「探知機が驚くべきものを見つけました。両陣営を識別したとき、ほかに類例のない、ふたつの未確定のプシ放射源を星系内に感知したんです。推測ですが、パッシヴ探知だから発見できたのでしょう。こちらの存在を明かさないよう、アクティヴ探知は実行しませんでした」

「賢明な判断だ」と、ボノが背後からいう。

ローダンは小柄で青白い肌のクレド人のことをほとんど忘れかけていた。そのかれがこの時点で声をあげたのは、偶然とは思えない。なにか知っているのだろうか？　一万二千名のクレド人の集合知性にはどんな可能性がある？　かれらのあり方はローダンやベオドゥのような通常生命体よりも、超越知性体に近いものだ。

「手がかりがあるのか？」ローダンは疑念をにおわせた。

「《レダ》の観測でいくつかわかったことがあるはず」ボノが一見どうでもよさそうにいう。「衝突の徴候を探しているのか？　きみたちがエスタルトゥとヘクサメロンと呼ぶ、上位存在同士の争いの？　探しているシュプールは目の前にある。艦隊には適当に注意しておくだけでいい。とくに重要なものではないから。だが、ふたつのプシ放射は強く警戒すべきだ」

「なにが起きると思うんだ、ボノ?」

「ペリー・ローダン、きみはわたしを過大評価している。未来が見えたり、全知全能だったりしたら、わたしはこの旅に同行していない。できるのは推測だけだ。エスタルトゥとヘクサメロンがここで対峙《たいじ》しているなら、戦いが起きるだろう。これだけ接近しているのは、なにかがあるからだ。それが感じられる」

「感じられる?」

ボノは答える前にすこしためらった。そのときのかれは疲れているように見え、自分に自信がない、ふつうの生命体のように思えた。

「説明はむずかしい。きみには理解できないだろう、ローダン。適切な感覚が備わっていないから。だが、わたしの感覚にも限界はある。遠すぎて、細部まではわからない。その点はカプセルと同じといっていい。アクティヴな観察をはじめた瞬間、存在を感知されてしまう。ふたつのプシ放射源のどちらか一方だけでも、われわれなど敵ではない」

ローダンは心を決めかねたままシートの背にもたれかかった。どの程度のリスクを考慮すればいいのか、まったく見当がつかない。情報を得るために《レダ》を、二名の友を、自分自身の命をかけてもいいのかどうか。そもそもリスクを避けられるのか? ほかの手段なら……ほかの手段があるのか？　情報が得られれば、現実の四四七年でエスタルトゥのシュプールを探すのに役だつのはたしかだが。

「提案がある」ローダンがいった。「拒否してくれてもいい。その場合はここにとどまり、じっとしずかにしている。わたしの見解では、できるかぎりウシャアル星系に接近する必要がある。近いうちに戦闘がはじまるだろう。探知画面に見えているふたつの艦隊が最初に衝突するはず。そうなれば、かれらがほかに目を向ける余裕はなくなる。戦闘開始と同時に《レダ》で最外縁惑星の軌道まで進出し、そこで息をひそめる。それでも慣性で戦闘領域に近づいていくだろう。《レダ》の対探知システムを限界まで強化すれば、発見されることはないはず」

「もし発見されたら？」と、ベオドゥ。

「そのときは逃げ出して、再度試みる。心配するな、親愛なる友よ、向こうは戦闘で忙しいし、うまくすればふたつのプシ放射源も同じだろう。くわえて、ボノが保険になってくれる」

「あるいは危険を増大させるか……」ベオドゥが不吉なことをいう。「いずれにせよ、わたしは賛成だ。ただ、積極的な助力は期待しないでもらいたい、ペリー。プシオン負荷がひどいので」

「ベオドゥの負荷で探知される危険があがることはないだろうか？」ローダンがクレド

人にたずねる。

「それはないだろう」

「では、決定だ。ボノ、よかったら、きみは近くの惑星におろしていく。帰りに合流すればいい」

「いや、わたしも同行する。充分な理由があるから。気づいていないかもしれないが、わたしもなにが起きるのか気になりはじめていた。このプシクに宇宙的な重大事象がふくまれているのはたしかだが、それがなにを意味するのか、完全にはわかっていない。超越知性体エスタルトゥの出現なのか、重力定数の通常値への回復なのか。重力定数の低減ははじまったばかりだと感じる。エスタルトゥがやったにちがいない。わかるか、ローダン、ベオドゥ？　ウシャアル星系で起きていることが、わたしの種族の死に間接的に関わっているのだ」

「提案に同意したと考えていいのですね？」《レダ》が確認する。「最初の艦が動きだしました。ヘクサメロン艦隊が戦闘隊形にうつろうとしています」

「全員が同意した」ローダンはシートの背にもたれ、無理にもリラックスしようとした。「戦端が開かれたら、加速してウシャアル星系に向かう」

《レダ》の報告は気が早かったようだ……実際に戦闘がはじまったのは、その二時間半後だった。ローダンはそのあいだに次の段階を考えた。第一の目的は偵察で、カルタン人や、エスタルトゥと思われるプシ放射に力を貸すことではない。これは現実ではないのだ。かれはその考えを脳裏に刻みこんだ。保存された過去のスナップショット、パラ現実にすぎない。だが、その事実はなかなか受け入れるのがむずかしかった。

「いまです」

《レダ》は加速し、ウシャアル星系までの距離を一回の超光速航行でこなした。そのあとすぐにエンジン出力を絞り、対探知システムを最大価で展開する。

「だれも気づいていません、ペリー。あなたの予想どおり、全員が戦場に集中しているようです」

四百隻のカルタン人のトリマランとヘクサメロンのハウリ人部隊が艦隊から分離し、第六十二惑星の軌道上で砲撃戦を開始した。無意味な前哨戦だ。真の決戦はまったくべつのかたちで、ふたつのプシ放射源のあいだで起きているから。

ローダンは両放射源の速度と方向を計器から読みとった。どちらも光速の七十パーセントで進行し、そのままのコースを維持した場合、一時間二十分後に衝突することになる。なにか決定的な事態が起きないかぎり……テラナーはなにかが起きると確信していた。二十数世紀にわたる人生経験から、かれはなにが宇宙戦の帰趨《きすう》を決めるかをよく知っていた。宇宙戦とは両陣営のコンピュータのあいだの、命を賭《と》した戦略ゲームだ。ふたつのプシ放射源の動きひとつひとつが、カルタン人とハウリ人の反応として反映される。

「カルタン人側に最初の損害が出ました」と、《レダ》が報告。

戦場に接近しても具体的な成果はない。ここには補助種族同士の小競《こぜ》り合いを見にきたわけではなかった。

「なにか感じる……」ボノがつぶやく。集合意識の全力を傾注して、ひとつの標的を追っているようだ。「プシ放射源、あれはどちらも精神生命体、プシオン・エネルギーの塊だ。力の強いほうが相手を拘束しようとしている。直接戦闘に持ちこもうとしているようだ。ただ、ここではない。この自由空間では……」

「その精神生命体はだれだ？」ローダンは息せききってたずねたが、言葉が伝わっているのかどうかもわからない。「一方はエスタルトゥだろう。もう一方は？」

クレド人は顔をゆがめて意識を集中していた。発育不良ぎみの四肢が痙攣する。明らかに精神化を志向しているボノのような存在がこんな反応をしめすことが、ローダンには信じられなかった。

「劣勢のほうはまちがいなくエスタルトゥだ。もう一方の性質はわかりにくい。ヘクサメロンと関係があることまではわかるが、これは……ああ、わかった、あれは支配者ヘプタメルだ！」

エスタルトゥのエネルギーがヘプタメルよりも弱い？　信じがたい話だが、ボノはたしかだといっている。ローダンはヘプタメルがつねに〝勢力〟としてのみ言及されていたことを思い出した。超越知性体と呼ばれたことはない。つまりそういうことなのだろうが……やはり確信は持てなかった。

《レダ》は支配者ヘプタメルをオレンジで、エスタルトゥをブルーで画面上に表示していた。そこにはっきりした白い線があらわれる。

「プシオン枷《かせ》を探知しました。ただ、これは探すものがわかっていたから見つけられただけです。エスタルトゥがもがくほど拘束は強くなり、力を消耗させます。そのため、次の行動は直接戦闘になると思われます」

「いや、ヘプタメルは宇宙空間での戦闘を望んでいない」ボノが指摘した。「惑星を戦場にしたいのだ」

「ウシャアル星系の惑星を？」

「そうだ。移動しはじめている」

「そのとおりです」と、《レダ》。「ただ、まだ速度が出ていないため、候補惑星が絞りこめません」

数時間待ったが、大きな進展はない。もちろん、両プシ放射源のあいだでなにが起きているのか、ローダンには知るよしもなかった。ボノだけはわかっているようで、そのからだは細かく震えていた。

「探知インパルスを感知」《レダ》がいきなり報告した。「一ハウリ艦がなにか気づいたようです」数秒後、さらにこういう。「カルタン人から攻撃を受けながら探知をつづけています。ペリー、われわれ、発見されました」

ローダンは小声で悪態をついたが、失われたチャンスを嘆くことなく、すぐにあらたな状況に適応した。

「なにか反応はあるか、《レダ》?」

「すこし待ってください……はい、残念ながら。ハウリ艦六隻がこちらに向かっています。予定どおり離脱しますか?」

ローダンは熱心に考えこんだ。精神生命体はすでにはっきりと動きだしている。補助種族の艦隊もすぐにそのあとを追うだろう。こちらを追跡している時間があるのだろうか? ローダンには疑わしく思えた。困難と危険をくぐり抜けてきたのだ。ここであきらめたくはなかった。

「いい考えがある、《レダ》」ドリフェル・カプセルが念のため展開していた防御バリアを、遠距離から発射された数発のビームがかすめた。対探知システムも慎重な行動も必要なくなったということ。「安全宙域に向かう……カルタン人の艦隊に」

ベオドゥもボノも、それを聞いても無言のままだった。驚いてかれらを見ると、友のアッタヴェンノクは自分自身の問題で手いっぱいだし、ボノは両精神生命体の戦いに集中している。ひとりで決断するしかなかったが、ローダンは気にしなかった。議論になれば、貴重な時間を浪費するだけだから。

「決定だ。カルタン陣営にコースをとれ。エスタルトゥの三角形のシンボルを送信し、オブザーヴァーだと申告する。それでうまくいくことを願おう」

最初の直撃弾が《レダ》のバリアに命中。

同時にカプセルのエンジンが咆哮《ほうこう》した。ドリフェル内で行動することを念頭に設計されたカプセルは、通常空間でもそうかんたんに困難におちいることはない。ハウリ人はもう攻撃を命中させられなかった。

「通信を開始しています」

ローダンは《レダ》の言葉に意識を向けなかった。

カルタン人は受け入れてくれるのか？

それとも、なにか見すごしているだろうか？　ちいさいが重要な、すべてをひっくり返してしまうようななにかを。そうでないことをローダンは願った。

*

「わたしはタ・ヘヴェンだ」スクリーン上のカルタン人がいった。言葉は現代カルタン語にくらべると古風だが、ローダンは充分に理解できた。「手を貸してくれるのか？」

「われわれはたんなるオブザーヴァーだ」ローダンが妥協を許さない態度で答える。心苦しいが、どうしようもなかった。これはパラ現実の出来ごとなのだ。どんな状況だろうと、一ミリメートルも譲歩することはできない。なんの役にもたたないから。

「たんなるオブザーヴァー！」タ・ヘヴェンが侮蔑的な口調でいった。「これほど重要なものがかかった戦いで、よくオブザーヴァーなどといっていられるな？　危殆《きたい》に瀕《ひん》しているのはわれわれの未来だけではない」

〈まったくそのとおりだ〉とローダンは思った。〈わたしだってこの戦いをとめたいが、この命にかけて、それができないのだ〉

「オブザーヴァーも役にたつ。たのみを聞いてくれないか？」と、感情的な挑発には乗らずに応じる。

「お断りだ！」と、タ・ヘヴェン。「よぶんな戦力などない。われわれの防衛線内をうろつくくらいはかまわないが、助力は期待するな」

その言葉を最後に通信が切れる。ローダンにはかれの思いがよく理解できた。自分がカルタン人司令官の立場でも、同じように対応しただろう。最初から負けると決まっている者は、藁《わら》をもつかもうとするもの。

エスタルトゥと支配者ヘプタメルが急加速した。《レダ》がその動きを画面上で再現する。星系の中心に突進しているようだ。

「目的の惑星はわかったか？」ローダンがいら立たしげにたずねる。

「百パーセント確実ではありませんが、可能性は計算できました。わたしの意見では、ヘプタメルは第五十九惑星ゼレンガアに向かっています」

「ウシャアル星系を最初に訪れたとき、ゼレンガアに目立つ特徴はあったか？」

「ありません……が、手がかりを得たいま、興味深い報告があります。わたしが星系内にいた全期間を通して、ゼレンガアとほかの惑星とのあいだの交流はいっさいありませんでした。警備も、貨物輸送も、なにもないんです」

「現状でそこから結論を引き出すのはむずかしいな」ローダンががっかりしたようにいう。ゼレンガアの物理的なデータはしっかり頭に入っている。冥王星型の惑星で衛星はなく、表面は厚い氷におおわれ、活発な地殻変動がある。重力は地球の半分程度だ。

「ようやく確定しました」《レダ》の声がしずかな司令室内に響いた。ほかにはときおり、ベオドゥかボノの不規則な息づかいの音がするだけだ。「目的地はゼレンガアです」

「そのとおりだ」クレド人が背後から肯定する。「その決断に合理的な説明はつけられないが、そこはどうでもいい。重要なのは決戦の場が用意されたことだ」

　軽い衝撃が《レダ》を揺さぶった。探知スクリーンを見ると、カルタン人とハウリ人がはげしい砲撃戦を再開していた。だが、その戦闘の結果は実際の戦いになにも影響しない。ローダンはカルタン人艦隊のさらに後方、脅威のすくないところまで後退するよう指示した。

数時間が経過。かれらはすでに第五十九惑星の軌道に到達していた。

ボノが苦痛にうめく……決戦がはじまったようだ。ヘクサメロン側の攻撃がはげしさを増し、宇宙空間が燃えあがる。数で圧倒的に劣るカルタン人は必死の反撃を試みていた。ゼレンガア宙域に数十万隻の宇宙船が蝟集《いしゅう》している。そんな乱戦のなかでは、《レダ》など一匹の蚊にすぎない。

「着陸だ、《レダ》！　対探知システム作動。うまくいけば姿を消せるだろう」

リスクの大きさは痛いほどわかっていた。流れ弾が当たっただけでかれらは消し飛んで、ゼレンガアをめぐるガスの雲となり、ゆっくりと地上に落下していくだろう。

《レダ》は慎重な機動で惑星の重力圏に入り、ローダンとほとんど身動きしないベオドゥにも、数時間前からボノを苦しめている感覚がわかるようになった。エスタルトゥとヘプタメルの近くにいることで、強烈なプシオン力が襲ってくるのだ。なぜ感じられるのだろう？　はっきり説明はできないものの、精神生命体はべつの法則にしたがうのだろう。ボノはローダンとベオドゥよりもそちらのほうに近いのだ。

クレド人がいなかったら、ローダンもリスクをとろうとは思わなかったろう。ただ、ボノはまだ危機的状況でなにができるのかをしめしていない。

眼下にゼレンガアの氷の荒野がひろがった。あちこちで氷がほんものの山のように盛りあがり、着陸機動中だけで二度、《レダ》のセンサーがちいさな火山の噴火を観測した。ただ、どちらも遠くで、興味を引くほどのものではない。

支配者ヘプタメルは惑星の南極を最終決戦の地に選んでいた。ヘクサメロンの艦隊はなお、第五十九惑星の軌道上に集中している。カルタン艦隊に生きのびるチャンスはないだろう。《レダ》によると、敵艦隊は優に二百万隻を超えている。探知機は大口径兵器による砲撃戦がそこらじゅうで起きていることをしめしていた。一方、惑星表面でも機が熟しつつあった。

「ふたつのプシ放射源はどうなっている？　かなり強まっていると思うが」と、ローダンが《レダ》にたずねる。

「きわめて近接しています。もちろん、このような決闘がどういうかたちをとるのか、われわれにはわかりません。ただ、エスタルトゥとヘプタメルはたがいにすぐ近くにいる必要があるようです」

いまではローダンもプシ放射に苦しんでいた。二百キロメートルの距離で起きていることは通常の生命体の理解を超えている。敵はほんとうにこちらを探知していないのか？　そのはずだ……そうでなければ散発的な流れ弾ではなく、狙いすました砲撃にさらされているはず。

　ボノがいきなりたじろいだ。クレド人のからだが、まるで非物質化しかけているかのように半透明になっている。足も床から数ミリメートル浮いているようだ。次いでベオドゥがシートのなかでぐったりとなった。ちびのアッタヴェンノクの両腕が硬直して肘かけから滑り落ち、両手が無意識に握ったり開いたりをくり返す。

　ローダンも意識をたもつのが困難になってきた。だが、かれには何度もプシオン攻撃を受けた経験がある。今回はメンタル安定化処置が役だってくれた。それでもかなりきびしかったが。

「ローダン！」

　ボノの声はささやきのようだった。

　テラナーは急いで立ちあがり、クレド人のそばに膝をついた。

「ここにいる。なにができるかいってくれ！　なにを見た？」

「手を貸してくれ、ローダン……」集合生命体の口からそんな言葉を聞くのは妙な気分だった。一介の人間でしかないかれが、相手もあろうにボノに対して、どんなふうに手を貸せるというのか？　クレド人はまるでかれの心を読んだかのように、こうつづけた。

「きみならできるとわかっている。わたしと現実をつなぐ架け橋になってもらいたい！」

　ボノがかれの手をつかんだ。

気づいたときにはもうそうなっていた。ボノの目を通してものを見て、自分のものではない手足で感触を得ている。急に敏感になった耳には甲高《かんだか》い咆哮が響き、ほかのすべての物音を圧倒していた。なのに同時に本来のローダンも存在していて、そちらの感覚は分厚いフィルターを通したかのように、くぐもってかれの心にとどいた。

〝わたしと現実をつなぐ架け橋になってもらいたい！〟

どういう意味だ？

その疑問の答えが考えられるほど意識を集中できない。すべての感覚が完全にボノの感覚におおわれてしまう。ただ、これがクレド人の本意でないことはわかった。現実との架け橋という以上、両端は確実に地面に固定されているはずでは？　一方の端はローダンとボノの物理的接触で、しっかりと手を握り合っている。もう一方の端に手をのばさなくてはならない。最初の衝撃で手をとり損ねてしまったから。ローダンは全力で、精神と肉体のあいだにかかったフィルターをとりのぞこうとした。

〈これでいい〉

ローダンは懸命にその状態をたもった。なにが重要なのかわかった。ボノとの精神的なコンタクトも維持する。問題がないわけではないが、そのほうが都合がよかった。《レダ》のスクリーンには、決闘の性格に関する有用な情報は見当たらなかった。測定値にもとづいて映像を生成しているだけだから。ローダンはボノとの架け橋で直接コンタクトしている。感覚が二重に入ってきて、それを処理しながら自他の区別をつけなくてはならないが、時間とともに適応度はあがってきていた。

エスタルトゥの放射は感覚的に自分の思考に近く、ポジティヴな印象を受ける。ヘプタメルとは正反対だ。ヘプタメルの力はあまりにも異質で、ローダンはいくら努力してもその価値を認めることができなかった。〝ネガティヴ〟とさえ評価できない。その理由のひとつは、支配者ヘプタメルの大部分がかくされたままだからだ。エスタルトゥにはそれができない。力が充分ではないから。

とはいえ、謎のほとんどは答えが得られないままだ。エスタルトゥとはなにものなのか？　〝それ〟と同じような集合知性体なのか？　ある意味ではボノもこの範疇《はんちゅう》に属する。それともテルムの女帝のような、考えられない出来ごとから生まれた、宇宙的偶然の産物なのか？　バルディオクのような、一惑星をおおいつくすほどに成長した脳なのか？　可能性はあまりにも多く、ローダンはそれをひとつに絞ることができなかった。

感覚が部分的にまだ肉体に固着しているため、ローダンは揺れを感じた。ゼレンガアの地表がはげしく震えている。今回はこの世界のはげしい火山活動が原因ではなかった。

支配者ヘプタメルのせいだ。

いまやローダンにもそれが感じられた。エスタルトゥの防御を突破するため、攻撃側が破壊的エネルギーを放出したのだ。ヘクサメロン側の宇宙船もエスタルトゥの位置にゼレンガアの軌道上から砲撃をくわえる。五次元エネルギーが地殻に深い穴を穿《うが》った。その震動は数百キロメートルも伝播して《レダ》にもとどいたものの、南極でのはげしさはその比ではなかった。

突然、ローダンの目の前に敵対する両者の姿があらわれた。エスタルトゥは人類が想像する超越知性体そのままの、影のようなちいさな放射源で、ヘプタメルは筋骨隆々の、エネルギーに満ちあふれた印象だ。エスタルトゥはどうしたのか？　全力で戦っているようには見えない。ローダンの目には力を半分しか出していないようにうつった。これがほんとうに生死をかけた戦いなのか？

エスタルトゥは時間稼ぎをしているのではないかという気さえした。裏で忙しく、なにかべつのことをしているかのようだ。

すでに何度か逃げようとする動きを見せているものの、敵がそれを許さない。プシオン枷をわずかにゆるめて、一瞬だけ振りほどけそうに思わせ、懸命なエスタルトゥにエネルギーを浪費させる。

ほんとうに懸命なのだろうか？　ローダンにはエスタルトゥの思惑が理解できなかった。

〈きみだけではない〉ボノの心の声が聞こえた。〈わたしもエスタルトゥの行動が理解できない。死の恐怖にとらえられているように見えるが、ほんとうに恐怖を感じている

のかどうか〉

ローダンはいま見ているものに最適な比喩を思いついた。支配者ヘプタメルは釣り人で、エスタルトゥは魚……もちろん力の強い魚だが、釣り竿からは逃れられない。さらにその比喩を使うなら、脱出できそうなチャンスをあたえるのは獲物を弱らせるためだ。慣れた釣り人はいったん糸をゆるめてから魚を釣りあげる……

　その直後、プシオン負荷がかれのメンタル安定性を揺さぶった。

〈ここからが本番だ。なにがあっても自分の役割を忘れないように。さもないとわれわれ三名、死んだも同然だ〉

〈ヘプタメルはわれわれに気づいているだろうか？〉

〈断言はできない。だが、どのみち死ぬわれわれを気にかけるだろうか？　このバリアがなかったら、たとえわたしでも死ぬしかない。プシオン強度の問題だから〉

　ローダンの目の前で《レダ》の内部が揺らぎ、超現実的な色彩の、いわくいいがたい形状に変化した。いや、そんなことを起こさせてはならない。現実とコンタクトしつづけなくては！　同時に、いまやあらゆる戦術的思考を放棄して戦う両者のイメージがかれの心のなかで燃えあがった。ちいさいほうのエネルギーが大きいほうにのみこまれそうだ。

〈集中しろ！〉

エスタルトゥ。手を貸したいのはやまやまだが、敵の性質のせいで、なにをしてもうまくいかない。

〈いま見ているのは過去だ、ローダン。気をとられるな。不可能事を実現することなどできない〉

エスタルトゥは深刻な打撃を受けているようだ。何度か敵の手から逃れようとするのだが、うまくいかない。プシオン枷はすでに消滅し、支配者ヘプタメルはよぶんなエネルギーで圧力をくわえつづけていた。軌道上からは戦闘艦が嵐のような砲撃をくわえてくる。ヘクサメロンは最適な戦術を採用していた。エスタルトゥの構成要素を最後の一滴まで吸いつくすつもりだ。

〈吸いつくす？〉ボノが緊張して問いかえす。

〈そうは感じないか？　勝者が敗者を食いつくす。ヘプタメルは大きくなり、エスタルトゥは縮んで、ついには消滅する〉

〈それはちがう、ローダン〉

ローダンの目の前がはじめて真っ暗になった。ボノからの感覚の流入に変化はないが、ローダン側からは映像も音声も感触も入ってこない。ただ炎だけがあった。額で奇妙な炎が燃えている……かれは全身の力をそこに集中した。その炎が唯一の手がかりなら、それを使って現実にもどらなくてはならない。

〈集中しろ！　きみはわたしの錨《いかり》だ……きみがいないと、われわれどちらもここから離脱できない！〉

　炎が燃える。耐えられないくらいに……やがてそこに、すこしずつ感触と均衡の感覚がくわわった。自分がもう脚で立っていないと感じたのはその直後で、そのあとすべての感覚がもどってきた。肉体を意識できなくなってその場に倒れ、頭をシートの背にぶつけて、わずかに出血している。

　ローダンは気にもしなかった。

　その間に、ふたつのプシオン・エネルギー集合体の戦いは決定的な場面を迎えていた。攻撃側は乾いたスポンジのように、相手のエネルギーを吸いとっていく。エスタルトゥはもとのサイズからすっかり縮んでしまっていた。

〈だが、かんたんにはあきらめない〉ボノの心の声はぼそぼそとつぶやくようだ。〈なにかくわだてているのがわかる……そうか！〉

　計画は単純だが、効果的だった。プシオン枷がなくなって、エスタルトゥは逃走を図るが、そこに支配者ヘプタメルが必殺の一撃を見舞う隙が生じる。クレド人の集合意識の不思議な感覚を通して、ローダンは全体を俯瞰《ふかん》して眺めることができた。エスタルトゥがこれ以上ないという絶妙のタイミングで反転する。もちろん、支配者ヘプタメルを痛撃するほどの力はない……いまはもう。それでも現状で最大のダメージをあたえることはできた。

その衝撃はすさまじいものだった。

最大限に接近したところで、エスタルトゥはのこった全エネルギーを放出した。結果としてプシ・エネルギーの爆発的な噴出が生じ、不意を突かれた支配者ヘプタメルは集中力を喪失した。

ローダンもしばらく意識を失う。

優しく撫でられて目をさまし……まだぼんやりしたまま感触を楽しんでいたが、やがてそれが精神的な愛撫だと気づいた。

〈気分はよくなったか？〉

〈ああ、感謝する〉

ふたたびボノの感覚を共有する。爆発的な噴出はエスタルトゥのプシオン・エネルギー集合体を破壊して敵に衝撃をあたえただけでなく、南極の分厚い氷の層を溶かしてもいた。その下の地殻には直径二百キロメートルの浅いクレーターができ……その最上層には強力な五次元負荷がかかっている。放射は持続し、数千年後にもなおエスタルトゥの敗北を記録しつづけているだろう。

〈これで終わりだ、ペリー・ローダン。もうきみの助力は必要ない〉

ローダンは握っていた手を引っこめ、痛む額をさすった。ゼレンガアでなにがあったのかわかったし、エスタルトゥがタルカン宇宙でしたことの最初の証拠も手に入った。あれが超越知性体の死だったはずはない。エスタルトゥがここで死んだとかれに納得させることはだれにもできないだろう。その動きはどこかうわの空で、集中力を欠いていた。まるで左手で支配者ヘプタメルを適当にあしらいながら、右手で本来の仕事にとり組んでいたかのようだ。

本来の仕事？　どんなものだろう？　そこは考えてもしかたがない。ただ、ローダンはエスタルトゥが自身の死を偽装したと確信していた。衝撃を受けて混乱していたヘプタメルはまんまと騙《だま》されたのだ。

「もうだいじょうぶですか、ペリー？」《レダ》がいかにも心配そうな声でたずねた。

カプセルの後部からくぐもった騒音が聞こえ、ローダンを完全に現実に引きもどす。ベオドゥも弱々しく身じろぎし、意識をとりもどそうとしていた。

「わたしはだいじょうぶだ」と、ローダン。「きみの技術的な〝内なる生命〟になにが起きたのか、そのほうがむしろ気になる！」そういって、急に大きくなった後部の騒音を当てこする。

《レダ》はなにも答えようとしなかった。

「いまはそんな心配をしている場合ではない」同じく起きあがって、ローダンのシートのうしろに立ったボノが声をあげた。「支配者ヘプタメルはさいわいかなり弱っているが、すぐに回復するはず。それまでに離脱しなくては」

画面上には勝者のプシ強度をしめすオレンジの斑点が見えている。勘違いだろうか？それともエスタルトゥがほんとうに死んで、こんなふうに見えているのか？

「ヘプタメルの力がもどってきている」と、ボノ。「まだ時間はあるか？　ヘクサメロンの艦隊は混乱している。いまがチャンスだ」

「《レダ》、スタートだ！」ローダンが指示した。「軌道上まで最大価で加速し、そこからドリフェル・ゲートに向かえ」

ややあって、カプセルがいった。

「ずっといおうとしていたんです、ペリー。スタートできません。プシ・エネルギー集合体の爆発で航法システムが損傷しました。修理にすくなくとも三時間かかります」

「ぎりぎりだな」ベオドゥがさえずった。ようやく意識をとりもどし、《レダ》の探知スクリーンで状況を見てとったところだ。「どう思う、ワキアン、われわれ、生きのびられそうか？」

「それがわかればよかったんだが、ベオドゥ……」

スクリーンからベオドゥに視線をうつす。そう、ほんとうにどうなるかわからなかった。

＊

「支配者へプタメルがどうなったのか、もう一度確認したい。ボノ、手を貸してくれないか？」ローダンがいった。

「絶対にだめだ」クレド人が驚いていいかえす。「いま動いたら発見される。わたしの精神刻印ときみの思考を全力で隠蔽《いんぺい》しているんだ」

ローダンは内心ひそかに、そうではないかと予期していた。ボノをウシャアル星系外に置いてこず、連れてきてよかったと思う。まさかこうなるとは思っていなかったが。エスタルトゥのはじめてのシュプール……それがこんな衝撃的なものになるとは。ローダンもまったく心の準備ができていなかった。

カプセル後部からは修理の騒音が響きつづけている。それがやむまではスタートできない……が、たぶんそのときには手遅れだろう。スクリーン上でオレンジの染みがうごめく。ローダンはそれが倒した敵のシュプールを惑星ゼレンガア上で探そうと考えないよう、願うことしかできなかった。

「軌道上の戦闘も終わりそうです」《レダ》が報告した。「カルタン人が突然、得ていた地歩を失いはじめました」

「無理もない」と、ボノ。まだ顔色は悪いが、もともとが青白いので、ローダンは小柄なヒューマノイドのことをあまり心配していなかった。「ヘクサメロンの戦力は百倍以上ある。カルタン人にチャンスはない。だれも生きのこれないだろう。最初から決まっていたのだ。敗北した側の補助種族が運命をともにすることはわかっていただろう？」

そのとおりだ、とローダンは思った。カルタン人もわかっていたはず。確実に死ぬとわかったあとも、かれらは一歩も引かなかった。ヒロイズム、それとも、おろかさから？　自分ならどう行動しただろう？　はっきりとは答えられない。そんな状況にならないことを願うだけだ。

「プシ放射源が移動します」と、《レダ》。

　ローダンは目を凝らした。よく見ないとわからないくらいゆっくりと、支配者ヘプタメルがクレーターの縁に沿って動いている。溶けた氷が徐々にまたかたまりはじめた。いずれはクレーターをおおいつくし、探知機がなければクレーターの存在もわからなくなるのだろう。

「上昇していきます」

　探知スクリーン上の光点が高度を増し、信じられない勢いでいきなり加速して、数秒後には消えてしまう。《レダ》が別スクリーンに戦術画面を表示した。支配者ヘプタメルは惑星間空間に向かっている。

　軌道上では無傷のトリマランが破片や救命艇を回収していた。ゼレンガアの現状には目もくれない。《レダ》が対探知システムを作動させているので、カプセルがかんたんに見つかることはないはず。カルタン艦隊から一宇宙船が離脱した。目的はわかりきっている。生存者がかれらの、またエスタルトゥの敗北と、ヘクサメロンの勝利を報告するのだろう。

「あと半時間でスタートして、限定的ながら機動も可能になります」

「エンジンが完全に機能するようになるまで待ったほうがいい」と、ローダンがいった。ハウリ人は戦闘の初期に《レダ》に気づいて、攻撃してきている。その後の乱戦のなかでいまのポジションにかくれることができただけだ。ここで下手《へた》に動いてプシ放射源の注意を引きたくない。

「残念ながら、ペリー、そんなに待てるとは思えません」

《レダ》はなにがいいたいのだろう？

「くわしく説明しろ」と、ローダン。

「軌道上からアクティヴ探知インパルスを照射されました。まだ確定はしていないでしょうが、戦闘の初期と同じように、いずれはヘクサメロン艦隊に探知されるはず」

ローダンはためらった。エスタルトゥがゼレンガアで敗北したのは、ヘクサメロンを振りはらって行動の自由を手に入れるための欺瞞《ぎまん》ではないかという疑いが脳裏をはなれない。できればこの場にとどまりたかった。ゼレンガアで実際にはなにがあったのか、シュプールがのこっているはずだから。

「修理は完了したのか？」

「八十パーセントほどです」《レダ》が答える。

「ボノ、手を貸してくれるか？」

　クレド人は驚いてかぶりを振った。

「どんなふうに？」

「ひとつしかない。《レダ》、われわれ、機動力が不完全なままスタートする。最適な時点はきみが計算できるはず」

《レダ》はヘクサメロンの最初の戦闘艦が減速して南極に降下してくるまで十分待ち、最大速度で敵艦隊のなかを突っ切った。上空にのこっていた敵艦がコースを変更する。この小型船をどうあつかえばいいのか、とまどっているようだ。いくつか命中したビームは攻撃というより、停止勧告のようなものだった。

「ここからきびしくなる」唯一システム探知画面を見つめていたベオドゥがいった。

「支配者ヘプタメルが気づいて……」

「……すさまじい勢いで接近してきています」《レダ》があとを引きとった。「瞬間的にエンジン出力をあげれば、超光速航行に遷移するのが間に合うかもしれません」

ハウリ艦が散開し、カプセルの行く手をはばもうとする。自殺的な行動に見えるが、ローダンはかれらの行動を熟知していた。〝最後の六日間〟の大義のためなら、ハウリ人はよろこんで死のうとするのだ。

二発の直撃弾が《レダ》の防御バリアを揺るがした。カプセルが前方に弾《はじ》き飛ばされる。それで必要な速度に到達し、超光速エンジンが作動した。

ローダンが音を立てて安堵のため息をつく。

「これで振りきれたな。次からはもっと用心しよう。たぶんエスタルトゥのシュプールがもっとなにか見つかるはず」

「かなりの収穫があったと思う」ベオドゥが声を押し出すようにさえずった。まだ負荷に苦しんでいるのだ。「エスタルトゥが実際にハンガイ銀河にきていたことがわかったし、エスタルトゥが重力定数をもとにもどしたことも明らかになった。その過程でヘクサメロンに気づき……この戦いになったんだろう。これ以上なにを望む？」

「かんたんだ」と、ローダン。「いまエスタルトゥがどこにいるのかを知りたい。それがこのパラ現実を探索する目的で、その見こみがないなら、リスクを冒すつもりはない」

《レダ》が通常空間に復帰。星々が密集した宙域で、半径一光年以内に十個以上も恒星が存在している。ここでどうやってエスタルトゥの第二のシュプールを見つけるのか？

最初のシュプールさえ、幸運な偶然で発見できたことは認めざるをえない。

だが、その考えは早計だった。

「支配者ヘプタメルが追ってきている」ボノが驚いたようにいう。「わたしを攻撃してきた……」それ以上はなにもいえなくなる。青白いクレド人はその場に倒れ、苦しそうにからだを痙攣させた。われわれとはまったく異なっているのに、ときどきとてもよく似ている。ローダンはそう思った。

《レダ》に逃走を指示する時間はまだあった。だが、かれもなにかに下から足を引っ張られているような気分だった。ベオドゥは負荷を感じながらシートにすわっている。ローダンの目にうつるその姿がぼやけた。やがて見えるのは色とりどりの斑点だけになり、ついにはなにも見えなくなった。

*

「気がつきましたか、ペリー！」

最初はささやきのようにしか聞こえなかった。すぐに声がはっきりして、かれは目を開き、苦労して立ちあがった。ネット・コンビネーションのサイバー・ドクターが《レダ》の指示で治療を実行していて……おかげですぐに動けるようになった。

「まだ超光速航行中です」長年のあいだにローダンがすっかり慣れ親しんだ優しい声が

説明する。「この状態なら、たぶん攻撃はされないでしょう」

「そのようだ」背後からクレド人がいった。かれもローダンと同じくらい早く回復している。たぶん一万二千名の集合意識だからだろう。ローダンの場合はサイバー・ドクターと細胞活性装置のおかげだ。「だが、きっとまた見つかってしまう。一度見つけているのだから、二度めもあるはず」

「なんのために？」ローダンは疑問に感じた。「われわれ、観察していただけなのに二度も攻撃を受け、いまは支配者ヘプタメルに追われている」

「それはわたしにもわからない、ペリー・ローダン。この存在がその性質上、われわれのことを知りたいだけなのかもしれない。友なのか、敵なのか？　ヘプタメルとエスタルトゥの対立があるので、未知ファクターを容認できないのだろう」

「なにか役にたつ助言はないか？　追っ手と戦うことはできるだろうか？」

「わたしなら戦おうとはしない」と、ボノ。「支配者ヘプタメルはエスタルトゥを破った……あるいは、そのように見える。超越知性体の位置にいるとは思わないが、われわれには対抗できない技術的な装備を保有していないともかぎらない」

「わたしの意見に興味があるようでしたら、ペリー」と、《レダ》が口をはさむ。「一刻も早く、このパラ現実から出ていくべきだと思います。そうしないと追っ手から逃れられません。いずれは追いつかれるでしょう」

「そのとおりだ」ボノも同意する。

ローダンはその理屈に反論できなかった。だが、ここ数日してきたようにハンガイ銀河の過去を探索する機会が、今後またあるだろうか？　たぶんない。ドリフェルの内部は論理的に構成されていて、複雑ではあるが、理解は可能だ。重力定数を操作できるのがその証拠といえる。ただ、かれや《レダ》はエスタルトゥではない。ドリフェルがきょう投げかける謎は、かれらでは千年かかっても解けないだろう。必要な理解力が備わっていないから。コスモヌクレオチド内で一見不定期に起きる因果関係の不明な出来ごとだけでも、すでにかれらを圧倒してしまっている。

「ま、いい」と、ローダン。「きみたちの見解にしたがおう。《レダ》、ドリフェル・ゲートに向かえ。このプシクにも機能しているゲートがあるといいが」

「確実にある」ボノが断言した。

十五分後、《レダ》はハイパースペースの防護領域を出て通常空間にもどった。比較的星々のすくない銀河辺縁部で、すぐに方角を見定めるための機動を開始する。

ローダンは背後でボノがたじろいだのに目をとめた。とくに理由はなさそうなのだが。

「どうした？」と、警戒してたずねる。

「よくわからない……なにかを感じた。惑星クレドにいるかのように。だが、なんとも……」

「追っ手のせいだと思うか？」

「いや、ペリー・ローダン！」

「方角確認機動が終わりました。一回のジャンプでドリフェルに行けます」と、《レダ》。

　カプセルが必要な速度に達した瞬間に支配者ヘプタメルがあらわれ、ボノはすぐにふたたび意識を失った。だが、ローダンは今回、多少とも心の準備ができていた。なにが迫っているのかわかっていたから。ベオドゥはいつもまっ先に影響を受ける。

《レダ》は独自に反応した。

　数秒後、カプセルは超光速航行に遷移。同時にプシオン負荷も和らぎ、やがて完全に消え失せた。ローダンはほっとして立ちあがり、ベオドゥのシートの横に膝をついてちいさな友のようすを見た。ボノは前回と同じく、自力で回復したようだ。

　半時間後、アッタヴェンノクも目ざめた。ふらふらで消耗しきっていて、まるで四日間の徹夜作業明けのような印象だ。もちろん、印象は当てにならない……ローダンはアッタヴェンノクの生理学的特性をほとんど知らないから。

「ハロー、ワキアン！」

「ハロー、ベオドゥ！　気分はましになったか？」

「あまり変わらないな。ドリフェルとパラ現実の領域内ではプシオン負荷がなくならないから。ぎりぎりで耐えている感じだ」

ボノがプシ放射の影響を克服するのに、今回はすこし長くかかった。それでもようやく起きあがり、ローダンのシートのうしろの〝定位置〟に立つ。なぜクレド人の回復に時間がかかったのかと考えてみたが、答えは見つからなかった。ボノがなにかを感じるといっていたのはなんだったのか？　このパラ現実とクレド人の故郷世界の両方に、どんな影響があったのだろう？

四時間が経過。

《レダ》はドリフェル・ゲートから数光時のところで通常空間にもどった。すべてはナコード・アズ・クールの探索からはじまって、いま、かれらはまさにパラ現実のジャングルというべきもののなかを航行している。時間線が大きく逸脱していないことを願うばかりだ。また、そうだとしてもなお、こういわざるをえない……ドリフェルは予測不能だ。

「まただ！」ボノがいった。

「なんの話だ？」ローダンは振り返り、クレド人の無表情な顔をじっと見つめた。「なにが〝また〟なんだ？」

「わからないのか、ペリー・ローダン？　わたしの故郷世界で《レダ》を捕らえ、放り出した力だ」

「そのとおりです」カプセルがひどく不安そうな声で割りこんだ。「以前わたしを捕らえたのと同じエネルギーを探知しました。防御バリアを展開しますか？」

「最初のとき、役にたたなかったはず！」と、ベオドゥ。

「そのとおりだ」ローダンも同意した。「バリアはいい。全速力でドリフェル・ゲートに向かえ」

事態は切迫していた。はるか遠くに追っ手の探知反応があらわれる。このパラ現実の宇宙から大急ぎで撤退する理由としては充分だ。ただ、こんどは支配者ヘプタメルとの距離があるので、その影響もちょっとくすぐったいという程度だった。それでものこされた時間は多くない。相手のとてつもない移動能力はよくわかっていた。

「加速しろ、《レダ》！」

「やっています、ペリー。エンジンが作動しないんです」

「また故障か？　こんなときに？」

「いえ、なにかべつの……」

「カプセルのいうとおりだ！」ボノが興奮した声でいった。「クレドで《レダ》を捕らえた転送フィールドの範囲内に、すでに入っている。その影響は、最初のときと同じく、ドリフェル内からきている」

「バリアを展開したほうがいいのでは、ペリー？」

「だめだ！」そのやり方では状況に対処できないと感じる。「プシ放射源との距離は？」

「まもなく影響範囲内に入る」ボノが《レダ》にかわって答えた。「これ以上接近されたらおしまいだ」

「だったら、手はひとつしかない」と、ローダン……支配者ヘプタメルの燃えるようなオレンジのぼやけた光点を見つめ、曖昧《あいまい》な笑みを浮かべている。「転送フィールドの影響を受け入れて、ドリフェル内部から転送されればいい。どこに出たかは、そのときになればわかる」

いまはとにかく急いでいる……

突然、操縦卓が帯電したかのように、《レダ》の表示装置が意味不明な、でたらめな値いをしめしはじめた。大型スクリーンはまだ作動している。《レダ》はオレンジのぼやけた光点のかわりに一外部カメラの映像をうつし出した。同時にはげしい震動が司令室を揺るがす。

プシオン衝撃波はあぶなくローダンを無力化するところだった。大きな距離を隔てていても、追っ手はすぐに《レダ》を影響範囲内にとらえるだろう。

だが、ほんとうに驚いたのはスクリーンを一瞥《いちべつ》したときだった。《レダ》のすぐ隣りにぼんやりした影があらわれ、すぐに色彩がくわわり、最終的に完全な実体になったのだ。ジュアタフ・ロボットのビルゲロンの船だった。

「これでわかった！」ベオドゥが興奮してさえずる。「あの狂ったロボットが転送フィールドを使ったんだ！」

　ローダンは意識を失う寸前だった。

だが、そうはならない。最後の衝撃が《レダ》を襲い、一拍後、そこはハンガイ銀河外の虚無空間ではなく、カプセルはグリーンの光につつまれていた。

6 黒いプシク

そこは明らかにドリフェルの内部空間だった。周囲には色とりどりの、いまのところ比較的おだやかに動きまわるプシクの群れが見える。ただ、それが現実を反映していないことは明らかだ。《レダ》がペリー・ローダンやベオドゥにも理解できるよう、データを整理して表示しているにすぎない。

「落下しています、ペリー！」

その言葉にローダンははっとした。カプセルの制御システムとの精神的なつながりは切れている……最近の慌ただしい出来ごとの結果だ。ドリフェル内では精神のバランスが必要で、興奮すると正常な操縦は不可能になる。この場合はなかば現実的な死の恐怖のせいだ。

「ジュアタフ船と連絡をとらなくてはならない」ローダンが懸命におちつこうとしながらいった。

「不可能です、ペリー。ここでは通信機が作動しません。ただ、ジュアタフ船はまだ横にいて、はなれることができず、いっしょに落下しています」

「どこに向かって落下しているんだ?」ベオドゥがたずねた。

《レダ》は答えるかわりに映像を切り替えた。かれらが数日にわたって滞在したプシク連鎖がはっきりと見える。行く手は連鎖の末端部で、ローダンははじめて、そこにほかの色鮮やかなプシクとは対照的な、黒っぽい塊が存在することに気づいた。それもプシクだ。そう……黒いプシク。

〈なぜ黒なのだ?〉と、ローダンは思った。

プシクが風船のようにふくらんでいく。ただ、それが接近にともなう錯覚だということはわかっていた。プシクはまるでブラックホールのように重力で《レダ》を捕らえ、乗員ごと引きよせていた。ローダンにはおなじみのプロセスだ。エスタルトゥの運命に関する情報が得られるパラ現実を探して、もう何度も経験していたから。

転移もいつもどおりだった。

すべてがプシクの色を帯び、その色がわずかに変化することで、内部に突入したことがわかる。周囲の宇宙の基本の色は黒のままだが、遠くや近くの恒星がきらめいている。どうやらハンガイ銀河の辺縁部らしい。

わずか一光秒の位置にジュアタフ船が実体化した。向こうも逃げられなかったようだ。

「ハイパー通信です、ペリー」

「応答しろ、《レダ》！」

ジュアタフのビルゲロンの姿が画面上にあらわれた。直立したダンベル形で、球形の部分は栗のイガのように棘だらけだ。

「イマーゴ！」スピーカーから声が響いた。「イマーゴ！　あなたを見つけ、連れもどすことができました……ようやくいっしょにいられます！」

「ステーションで待っていろといったはず」ローダンが冷たくいいかえす。「われわれの意志に反して拉致《らち》するとは、どういうつもりだ？　しかも二度めだ！　一度めはあやうく命を落とすところだった」

「申しわけありません」ビルゲロンはうろたえたようすだったが、ローダンの非難にじかに答えようとはしなかった。「居心地のいい惑星を探して、そこで今後のことを相談するよう提案します。わたしもナックもそういう経験がないので」

「却下だ」と、ローダン。イマーゴを探しもとめるジュアタフはたくさんいたが、これほどしつこいのははじめてといっていい。「われわれ、できるだけ早くこのパラ現実から出ていく。そうしたければついてきてもいい」

「できるのですか？」ブリキを鳴らすようなビルゲロンのハンゴル語には驚きの響きが感じられた。「あなたは危険を冒さず、ナックにすべてまかせたほうが……」

ローダンの合図で、《レダ》が通信を切った。

「これからどうします？」

「いったとおりだ。ドリフェルに接近し、内部空間にもどったあと、コスモヌクレオチドから脱出する。ここは危険すぎると認めるしかない。時間をかけて、おちついて次の段階を考えるべきだろう」ベオドゥとボノを順番に見つめる。「どう思う？」

「わたしは同意する、ワキアン」

一方、ボノはこういった。

「もちろんためしてみたいが、あれは黒いプシクだ、ペリー・ローダン。色がなにかを意味していることを忘れるな。ドリフェルについては、わたしもきみと同じく、多くを知っているわけではないが」

《レダ》はすぐに速度をあげた。ビルゲロンとナックがジュアタフ船であとを追う。ドリフェル・カプセルと同じような装備があるらしく、驚くべき性能だ。パラ現実のなかに外から介入できたのも納得できる。ローダンはあとでその秘密を知りたいと思った。

一時間後、一回の超光速航行を終え、ドリフェル・ゲートの前で通常空間にもどる。本来ならドリフェル・ゲートがあるはずのポジションに。

「座標はまちがいありません、ペリー」と、《レダ》が断言する。「ゲートがあるべき位置になにかを探知しています。存在しているものの、隣接するエネルギー平面に部分的にシフトしているかのようです」

「そんなことはありえない」ベオドゥが甲高い声で叫ぶ。

ローダンは背後の小柄なヒューマノイドに目を向けた。視線でたがいに理解し合うと、ローダンがいった。

「ありえるのだ、ベオドゥ。わからないか？　黒いプシクはすでにその外観で、このパラ現実を知らせていた。このドリフェル・ゲートは閉じていて、われわれ、ここから出られないということ」

＊

「ナックはかんたんに説明がつくと主張しています」ビルゲロンがいった。「ドリフェルは過去のこの時期にあまりにもくり返し操作され、それに対抗するため、コスモヌクレオチドは入口を……複数あるかもしれませんが……みずから完全に閉ざしたのだ、と」

「いつになったら開く？」

「百年後か、千年後か、だれにもわかりません」

ローダンはしばらく考えこんだ。選択の余地はもうない。ジュアタフ・ロボットの提案に乗って、どこかで話し合うしかないだろう。可能ならそこで計画を決めることになるが、ローダンにはなにが期待できるのかわからなかった。ジュアタフ船にはナックが乗っている。プシ感覚を持ったあの奇妙な種族なら、かれやベオドゥや《レダ》やクレド人よりも早く出口を見つけられるだろう。

会合場所は《レダ》が遠距離探知したちいさな恒星系に決まった。惑星がふたつあり、外側のは木星タイプのガス巨星で不安定だが、内惑星のほうは条件がちょうどいい。短いハイパー空間航行をへて、二隻はいっしょに第一惑星に降下していった。

地表は雨がちで寒かったが、呼吸可能な酸素大気があった。ローダンはそこを〝レインI〟と命名した。ほかにましな提案もなく、それがそのまま定着する。

《レダ》が独自に赤道付近を着陸場所に選んだ。気温は氷点よりやや上で、火山の危険はない。レインIに知性体はいないようで……すくなくとも、文明がまったく見当たらないので、ローダンはそう判断した。不毛な山の高台に着陸。雲よりも高い位置で、乾燥していて、植物も生えていない。

「ビルゲロン?」ローダンはテレカムで呼びかけた。

「はい、イマーゴ?」まるで待っていたかのように、ジュアタフがすぐに応答した。

「外で会おう。どちらの宇宙船も、話し合いに使うには狭すぎる。ナックを連れてこい。かれらとも話す必要があるかもしれない」

外に出ると高台の岩は冷たく、多孔性の凝灰岩に似ていた。高台の端からはほとんど切れ目のないグレイの雲海が見わたせる。世界の果ての亡命地だ、とローダンは思った。

パラ現実の世界は冒険と死の危険だけでなく、それとは正反対のものも提供してくれる。

ジュアタフ船は《レダ》のすぐ横に着陸した。一辺が七十メートルほどの立方体だが、多数の外部構造物が突き出していて、ローダンは思わずポスビの宇宙船を連想した。

地表近くのハッチから出てきたビルゲロンは棘を足のように使って歩きながら、何度か「イマーゴ！」と、叫んだ。四名のナックがあとにつづく。

ローダンの興味はむしろその奇妙な生命体のほうにあった。身長は百五十センチメートルから百七十センチメートルくらいで、大きなナメクジを思わせる。その感覚は五次元空間におよんでいて、通常空間で方角を決めて移動するにはマシンの助けが必要だった。そのため、見た目はサイボーグのようだ。

「イマーゴ！　やっとまたいっしょです！」

「なにがしたいんだ、ビルゲロン？」ローダンがたずね、あらたな希望をいだいてつけくわえる。「エスタルトゥについてなにを知っている？」

「わたしたちはたくさんいるが、それでも孤独です」

「いつも同じ答えだな」高台の端からベオドゥがいった。「質問を変えたほうがいい、ワキアン」

ボノ、ビルゲロン、四名のナック、それにベオドゥとローダンが着陸した両宇宙船の前に集まった。

「まず、ビルゲロン、きみの視点から、なにが起きたのかを説明してもらいたい。なぜわたしを追ってきた？　どうやってわたしを見つけ、《レダ》をパラ現実から引きずり出した？」

「かんたんです、イマーゴ！　どうしてあなたの命令どおり、ステーションにとどまっていられたでしょう？　できるかぎりあなたといっしょにいなくてはならないのに……とりわけ、あなたが危機に瀕しているときは」

「その危機は、そもそもきみが原因だった」と、ベオドゥ。

　ビルゲロンは非難を無視して先をつづけた。

「だからイマーゴのあとを追ってナコード・アズ・クールに向かいました。この四名のナックはわたしに託されていて、成熟させる責任はわたしにあります。わたしに好感を持っているので、あなたのシュプールの追跡によろこんで協力してくれました。かれらにとって、これは挑戦でもあり、ゲームでもあるんです」

「とてもむずかしかった」と、一ナック。あとになってもローダンには、四名のうちのだれがいったのかわからなかった。

「それでもなんとか発見しました」ビルゲロンが話を進める。「わたしが庇護しているナックがドリフェルの五次元内部空間にいるあなたの位置を特定し、〝引っ張り出せる〟と判断しました」

「どうやって？」ローダンが興味深げにたずねる。

「ナックから説明はありませんでした。通常の生命体やロボットには理解できないといって。知ってのとおり、イマーゴ、最初の試みは失敗しました。二度めに位置を特定したときは慎重にことを進めましたが、不運にも、ドリフェル内部に進出したとき黒いプシクに捕まりました……ありそうにないことですが、納得はできる偶然です。こうしたすべてが可能だったのは、あなたの宇宙船がずっと同じプシク連鎖領域にいたからで……余談ですが、これはいままで知られていなかった発見です。ナックさえ、ドリフェル内にあんな安定した連鎖があるのを知りませんでした」

次にローダンが自分たちの体験を話した。ボノとの出会いと、《レダ》が追いかけられたことを。ただ、エスタルトゥに関する話はすべてはぶいた。

「以上が全容だ。目下の唯一の問題は、どうやってここから脱出するかということになる。だれか、なにか考えはあるか？」

その視線がナックの上にとまる。サイボーグじみたなかの一名が声をあげた。

「方法はある。五次元外殻を引き裂かなくてはならないが……」それにつづく説明は、ローダンにはまったく理解できなかった。ビルゲロンもかれタイプのロボットに可能なかぎりとほうに暮れたようすを見せ、ベオドゥもたよりにならない……ちびのアッタヴェンノクはまだプシ負荷に苦しんでいたから。のこるはボノだけだった。

「なるほど」説明が終わると、惑星クレドのヒューマノイドはうなずいた。「では、それで行こう」

「ナックの提案がどういうものなのか、われわれにもわかるように説明してもらえないか?」ローダンがいった。

「そうだな……知ってのとおり、ペリー・ローダン、五次元空間にあるこのパラ現実はある種の境界層にかこまれている。きみが話していた〝深淵〟と似たようなものだ。その層を突破するのは、外側からはかんたんだが、内側からはきわめてむずかしい。そのため、ナックは二隻の外部に強大なエネルギー源を必要としている」

「外部に? どこからそれほどのエネルギーを供給するんだ?」

「わたしからだ」ボノが簡潔に答える。

ローダンは一瞬、なにをいえばいいのかわからなくなった。

「そんなことはさせられない。たとえ数週間かかるとしても、べつの方法を探すべきだ」

「わたしが決めたのだ、ペリー・ローダン。きみには関係ない。わたしときみはまったくちがっている。きみの限界内でそのちがいを認識することはできない……さ、船にもどるのだ」

ローダンはその場から動かなかった。そうかんたんにボノに譲歩するつもりはない。

だが、脚が勝手に動きだした。クレド人が強制しているのだろう。メンタル安定人間であるかれでさえ、それには抵抗できない。ローダンとベオドゥも下部のビルゲロンと四名のナックはジュアタフ船にもどった。人員用ハッチから《レダ》に乗りこむ。

「どうしたんです、ペリー？」

「待機しろ」自分の意志とは関係なく言葉が出た。声の響きがぎごちない。かれは操縦席に着き、ハーネスを締め、ドリフェル内に転送されるのを待つしかなかった。

〈今回は精神操作が効いたようだ、ペリー・ローダン〉ボノの声が脳内に響いた。〈こういうかたちで手を貸すことは二度とできない〉

「べつの転送フィールドを探知しました、ペリー！」《レダ》が警告する。「ボノが乗ってくるようです！」

「かれはこない」ローダンが苦労して答える。外部から強制された、口を開くなという圧力に抵抗しつづけなくてはならなかった。「あとにのこってエネルギーを供給し、われわれをドリフェルの内部空間に転送するつもりだ」

「とめられないのですか？　それほどのエネルギーを供給したら、死ぬかもしれません！」

　ローダンは大声をあげようとしたが、声は出なかった。

〈もちろん、《レダ》のいうとおりだ。わたしの存在を終わらせるかもしれない。だが、そのわたしでさえ、一万二千名の精神集合体が、きみやきみの友のベオドゥが望むらくは遠い未来に死ぬときのように、そうかんたんに消滅するとは思っていない。力をむだ遣いするな、ペリー・ローダン！　すぐに必要になるから。ナックがいうには、転送のさい、かれらの宇宙船とそのカプセルには反対の極性が生じるそうだ。ドリフェル内に到達したらはなればなれになるということ。さらにナックによると、時間的な効果が生じるかもしれないらしい〉

〈それはどういう意味だ？〉と、ローダン。

〈大至急ドリフェルから脱出する必要がある。べつべつのルートを通ることになるだろう。脱出したら、あとで時間差を確認してみるといい！　それでわたしのいう意味がわかるはず。さらばだ、ペリー・ローダン！〉

　ローダンはしばらくためらい、ほんとうになにもできることはないのかと考えた。だが、結局、全力を振り絞ってこう応じた。

〈さらばだ！〉

　時間的効果……時間に関する問題なら、ドリフェル内では最悪を想定することになる。出来ごとに時間的な一貫性がないから。さまざまな時間流と因果律が存在し、ローダンにはよく理解できない事象が生じるのだ。

「そろそろです」《レダ》がいった。「あと数秒で転送フィールドの強度が最大になります……いまです！」

カプセルの計算はほんの数秒ずれただけだった。短くはげしい衝撃が司令室を揺さぶり、直後にスクリーン上に、蛍光グリーンを背景にした色とりどりの光点が出現した。

7 帰還

まるで両船のあいだで爆発が起きたかのように、《レダ》とジュアタフ船は反対方向に吹っ飛んだ。ペリー・ローダンは即座に反応し、ドリフェル・カプセルと協力して精神による操縦を開始した。のんびりと漂うプシクや、興奮して活動的になっている領域を避け、ドリフェル・ゲートに向かう。とくに問題は起きず、ローダンはたんなる好奇心で、ビルゲロンとナックはどうしただろうと思った。《レダ》と前後して出口に到着するだろうか？ かれらが通常空間をさまようあいだに数年が、あるいは数世紀が経過しているかもしれない。

「あと数分で出口です」と、《レダ》。

「どっちの出口だ、《レダ》？」ローダンがたずねた。「〝丸太〟の例もある！ あれはタルカン宇宙のゲートから入って、われわれの宇宙に出てきた。どっちに出る？ タルカンか、メエコラーか？」

「すぐにわかることだ」ベオドゥのくぐもった声が聞こえた。ちびのアッタヴェンノクがドリフェルの影響を脱する頃合いだ……もちろん、奇妙なプシオン負荷にこれ以上さらされたら、正気をたもっていられなくなるだろう。

「あと十秒」

まるで気まぐれのように、《レダ》が秒読みをはじめた。

「……八……四、三、二、一……通過しました」

周囲はハンガイ銀河の外の虚無空間だった。タルカンにある、現実のハンガイ銀河だ。同時に《レダ》が近くの星々の配置から日付を計算しはじめ、クロノグラフをNGZ四四八年一月三日に合わせる。二週間近くたっているが、パラ現実の世界ですごしたのはせいぜい七日か八日だ。

「心の重荷がとり去られた気分だ、ワキアン」ベオドゥがシートのなかで、生き返ったように元気よくいった。

「ペリー、探知しました！」と、《レダ》。

ようやく時間をかけて考えられるようになった。ローダンさえ、この間の経験を思い返すと安堵を感じずにはいられない。それでも重力定数の操作やエスタルトゥについて、あらたな知識を得ることはできた。そのなかでボノという友を失うことになったが。

ナコード・アズ・クールのすぐ近くに数千隻のジュアタフ船とベングエル船が探知された。ハイパー通信のあらゆる周波数で熱心な通信がとどく……どれもイマーゴの到着を祝福する言葉だ。しばらく前からかれらを待っていたようだった。

「興味深いことに、すべての通信が同じ一節をくり返しています」《レダ》が指摘した。

「〝ついに成熟のときが訪れた〟と。なにかわかりますか、ペリー？」

「聞きおぼえはあるが、なにを意味しているのかはわからない。決定的な日々だというのはまちがいないだろうが。エスタルトゥについても、イマーゴ探索者たちについても、わたしはいろいろと解釈を誤っていた」

「ビルゲロンから通信が入っています。応答しますか？」

「そうしてくれ」

棘だらけのジュアタフの特徴的な姿がスクリーン上にあらわれ、興奮したようすで話しだした。

「なにがあったんです、イマーゴ？　二週間も遅くなるなんて！　最初はあなたを探そうとしたんですが、ナックにとめられて……それでも全員、イマーゴはかならずナコード・アズ・クールにあらわれると確信していました」

ローダンはもう聞いていなかった。つまり二週間の時間差があったということか。もっと長くても不思議はなかった。ビルゲロンはそのあいだにイマーゴ探索者たちに情報を流し、ローダンはこの機会に、ベングエルとジュアタフに関する秘密を最終的に解き明かそうと考えた。

＊

《レダ》がベングエル船団最大の複合宇宙船《ジュナガシュ》からの呼びかけに応答した。僚船にくらべると群を抜いて大きく、もっとも熱心にイマーゴとのコンタクトをもとめてきた船だ。

「なんの用だ？」ローダンはぶっきらぼうに会話の口火を切った。

スクリーンには異様に背の高いベングエルがうつっている。

「わたしは〝亡霊を視る者〟といいます、イマーゴ。われわれ、《ジュナガシュ》で会うことになると星々がいっています。どうか、おおイマーゴ、その名誉をあたえてください！」

ローダンはためらった。ベングエルとジュアタフが目の前で自死したことはよくおぼえている……が、カプセルに閉じこもっていては、秘密を解き明かすことはできない。

決定打となったのは《ジュナガシュ》のべつのベングエルからの連絡だった。

「わたしは〝老賢者〟といいます」と、うやうやしく名乗る。次の言葉に、ローダンは耳をそばだてた。「申しあげておくと、《ジュナガシュ》にジュアタフは乗っていません」

この謎めいたメッセージはなんのためだ？　二重自死問題が関係者にも認識されたこ

との、最初の手がかりといっていい。それがなぜ、このタイミングで？　どこか胡散《うさん》臭いが、ローダンの興味を掻き立てる話なのもたしかだった。

「″老賢者″は非常に重要なベングエルのようだ」ベオドゥがいう。「種族の指導者のような立場なのかもしれない、ワキアン……″亡霊を視る者″も同じような立場だろう」

「たんなる憶測だな、ベオドゥ。いずれにせよ、招待は受ける。《レダ》、《ジュナガシュ》にコースをとれ」

ベングエルの複合船は巨大なシャボン玉のようだった。表面のすぐ内側から長い通廊が中心部に向かってのび、《レダ》はそこを慎重に進んでいった。トンネルが終わると、そこはもう《ジュナガシュ》の司令室の近くだった。

「ここで待て、《レダ》。ベオドゥはいっしょにきてくれるか？」

「もちろんだ、ワキアン。頭のおかしい占星術師のところに、あなたをひとりで行かせる気はない」

ローダンはおもしろがるようにちびのアッタヴェンノクを見た。かれがついていたからといって、なにが変わるだろう？　こうしてかれらはいっしょに、トンネルの奥の照明されたハッチに向かって浮遊していった。騒々しいベングエルの一団がかれらを出迎えた。

「イマーゴ！　あなたがここに！」すくなくとも百名のベングエルが叫んでいる。

ローダンはふと予感をおぼえ、振り向いて、うしろにいるちいさな友に目を向けた。ベオドゥはまるでふたたびプシオン負荷に襲われたかのように、気分が悪そうだった。しかもそれだけではなく、なにかべつのものも感じているらしい。

「白昼夢を見ました、ワキアン」アッタヴェンノクがぼんやりしたようすでいう。「警告します。真剣な警告です……見た目に惑わされないように」そういうと、すぐに常態に復す。「冗談ではなく、まじめな話です、ワキアン」

「冗談だなどと思ったことはない」

「では、引き返しますか？」ベオドゥが期待をこめてたずねる。

「いや、親愛なる友よ、そのつもりはない。いまはなにが起きているのかを知りたい。あるところまで行くと、逃げてもなんにもならない。そろそろ頃合いだ」

数名のベングエルがかれらを〝亡霊を視る者〟のところに案内すると申し出た。

ローダンとベオドゥは用心しながらついていったが、疑わしかったり、恐怖を感じたりすることはなかった。

これはイマーゴ探索者の船ではないのか？　どんな危険があるというのか？

「ペリー、奇妙なデータがあります」ピココンピュータが報告した。「前方の一キャビンにいるのが〝亡霊を視る者〟なのでしょうが、そこに異常に強いプシオン・ポテンシャルが感じられます」

ローダンは確信が揺らぐのを感じた。

だが、もう遅い。ベングエルが前方の二枚扉を左右に引き開け、その奥にひろがった空間に〝亡霊を視る者〟が立っていた。

「近くへ、イマーゴ」

ローダンとベオドゥは前に進んだ。ベングエルたちはすぐに姿を消し、ローダンとベオドゥだけが異様に背の高い〝亡霊を視る者〟とともにのこされた。一瞬、長身のベングエルの姿がぼやける。かわって見えたのは無毛の頭部と深く落ち窪んだ眼窩《がんか》だった。そこに無表情な視覚装置がはまっている。

その顔には見おぼえがあった……はじめて見たのは惑星チェオバドだ。だが、次の瞬間、そこにはまた〝亡霊を視る者〟が立っていた。

「きみは数々の災《わざわ》いをもたらした、イマーゴ。おかげでヘクサメロンの教えは傷つけられた。それをここで終わらせる」

ローダンは信じられない思いで、ハンガイ銀河の占星術師としてあらわれ、〝亡霊を視る者〟と名乗っていた存在を見つめた。ほんとうの名前はアフ＝メテム。炎の侯爵アフ＝メテムだった。

あとがきにかえて

嶋田洋一

硬膜下《こうまくか》血腫《けつしゅ》はとりあえず充分に小さくなったので、もういいだろうということになりました。ご心配おかけしました。

　さて、父が亡くなって、今住んでいる家を相続し、登記も無事に終わったところで、なぜか工事が相次ぐことになってしまった。

　そもそもは洗面台の下の排水パイプから水漏れしていたのが原因で、しばらくはバケツで水を受けてしのいでいたものの、いつまでもそんな弥《び》縫策《ほうさく》でお茶を濁してもいられず、父の代から付き合いのある設備屋さんに見てもらった。

　父はどうやら水漏れに気づかないまま使いつづけていたようで、床板が腐ってぐずぐずになっていた。床板を張り替えるとなると、一続きになっている居間からキッチンまで、全面を張り替えなくてはならない。問題があるのは半畳ほどの部分だけなので、洗面台のある洗濯機室に防水の床材を上張りする形で対処することに。壁と天井も防水素材にして、ついでに使っていないシンクは撤去してもらうことにした。

この工事が三日がかりで、朝から夕方まで職人さんが入るため、すぐ横の居間で仕事をしている関係上、いつものようにマンガを読んだりゲームをしたりして息抜きをするのも憚《はばか》られ、びっしりと仕事をすることになった。おかげで翻訳はすばらしく順調に進んだのだが、工事が終わったあとは反動で丸一日うとうとしていた。

同居の猫もこの三日間、昼間はほとんど姿を見せず、どこか家の奥に隠れていた。夕方になって職人さんたちがいなくなると、しばらくしてから出てきて作業中の場所を確認するのだが、いつどこから知らない人間があらわれるかわからないと思っているかのようなへっぴり腰で、なかなか微笑ましかった。

そのあと今度は浴室の鏡を交換する工事が入り、これは二時間ほどで終わったものの、同じ日にもう一件工事の予定があって、まったく気が休まらない。

ただ、この〝もう一件〟のほうの工事は屋内ではなく屋外なので、多少は気が楽だった。

この工事、庭の隅に立っているＮＴＴの電柱が老朽化しているので、立て替えるというもの。同じ庭の中の少し離れた場所に別の電柱を立て、後日装置類を移設してから、前の電柱を撤去するという。その日は電柱を立てるだけで、工事自体はすぐに終わり、現在、うちの庭には電柱が二本立っている。邪魔といえば邪魔なんだが、まあ隅のほうだし、甘受すべき限度内だろう。

この家もすでに築三十年、出はじめのころの2×4工法で建てられていて、壁で支える構造のため、開口部が比較的少なく、小さい。

もともと父が最初に土地を買って建てた家は、今の場所から二キロメートルほど離れていた。母が凝りに凝って間取りを決め、庭に藤棚があり、三方角地で、北側の道路の向こうは用水路、東側の道路の向こうは川沿いの土手という立地だった。

一九九一年の台風十八号による豪雨で、この家は床上浸水に見舞われた。周囲の道路はすべて冠水、市の職員がボートで食料や水を届けてまわるという事態になった。このときの豪雨は激甚《げきじん》災害に指定され、市はポンプ場と調節池を建設して今後の水害に備えることになった。

そのポンプ場の建設地に指定されたのが、当時のわが家とその並びの家々だった。代替地としていくつかの場所が提案され、父が今の土地を選んで、新たに家を建てた。費用は市が出してくれたはず。

わたしとしては、今の家に住むようになったのはここ数年のことで、それ以前はずっと〝両親の家〟という認識だった。父が転勤族だったこともあって、同じ場所に十年住みつづけたこともない。独居するには広すぎるこの家は売却して、小さい家に住み替えようかと考えているところだ。

ナイトフライヤー

Nightflyers and Other Stories

ジョージ・R・R・マーティン

酒井昭伸訳

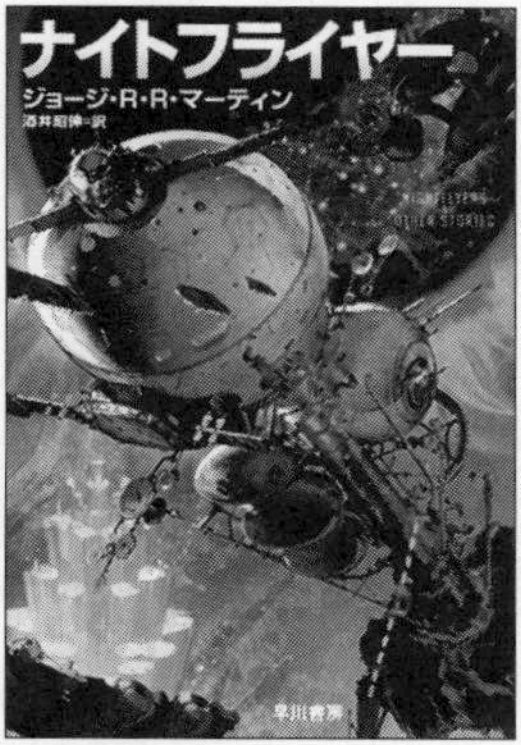

異種生命ヴォルクリンと接触するべく、９人の研究者を乗せて旅立った宇宙船〈ナイトフライヤー〉を描く表題作、異星を訪れた２人の超感覚能力者を、ドラマティックに描いたヒューゴー賞受賞作「この歌を、ライアに」、初訳作品３篇など、ＳＦ／ファンタジイ界を代表する作家の傑作全６篇を収録。解説／堺三保

ハヤカワ文庫

訳者略歴　1956年生，1979年静岡大学人文学部卒，英米文学翻訳家　訳書『支配者ヘプタメルへの讃歌』シドウ＆シェール，『カルタン人揺籃の地』マール＆ヴルチェク（以上早川書房刊），『巨星』ワッツ他多数

HM=Hayakawa Mystery
SF=Science Fiction
JA=Japanese Author
NV=Novel
NF=Nonfiction
FT=Fantasy

宇宙英雄ローダン・シリーズ〈695〉

スカラベの道《みち》

〈SF2417〉

二〇二三年八月 二十 日　印刷
二〇二三年八月二十五日　発行

（定価はカバーに表示してあります）

著者　H・G・フランシス　ロベルト・フェルトホフ
訳者　嶋《しま》田《だ》洋《よう》一《いち》
発行者　早川　浩
発行所　株式会社　早川書房
郵便番号　一〇一 - 〇〇四六
東京都千代田区神田多町二ノ二
電話　〇三 - 三二五二 - 三一一一
振替　〇〇一六〇 - 三 - 四七七九九
https://www.hayakawa-online.co.jp

印刷・信毎書籍印刷株式会社　製本・株式会社明光社
Printed and bound in Japan
ISBN978-4-15-012417-5 C0197